赵丽宏
· 艺品三部曲 ·

冬宫之谜

THE MYSTERY IN THE WINTER PALACE

赵丽宏——著

中国大百科全书出版社

图书在版编目（CIP）数据

冬宫之谜 / 赵丽宏著 . —北京：中国大百科全书
出版社，2020. 9
　（赵丽宏艺品三部曲）

ISBN 978-7-5202-0821-5

Ⅰ. ①冬… Ⅱ. ①赵… Ⅲ. ①散文集—中国—当代
Ⅳ. ① I267

中国版本图书馆 CIP 数据核字（2020）第 162430 号

出 版 人　刘国辉
策划编辑　李默耘
责任编辑　李默耘
责任印制　李　鹏
图片整理　含　章
装帧设计　周伟伟
出版发行　中国大百科全书出版社
地　　址　北京阜成门北大街 17 号
邮　　编　100037
网　　址　http://www.ecph.com.cn
电　　话　010-88390659
印　　刷　太原日报传媒集团有限公司
开　　本　889 毫米 ×1194 毫米　1/32
字　　数　128 千字
印　　张　6.125
版　　次　2020 年 9 月第 1 版
印　　次　2021 年 1 月第 1 次印刷
定　　价　48.00 元

艺术是什么

——代序

赵丽宏

艺术是什么？这样的问题，艺术家也未必能精确地回答，因为艺术的内涵和外延，实在太丰富了，绝非三言两语所能概括。我查过 2009 年版《辞海》上的"艺术"条目，字数不少，很复杂，不过基本上把艺术的内涵和外延作了解释。《辞海》的词条，应该具有权威性，不妨抄录在此：

人类以情感和想象为特性的把握世界的一种特殊方式，即通过审美创造活动再现现实和表现情感理想，在想象中实现审美主体和审美客体的互相对象化。具体说，它是人们生活世界和精神世界的再创造，也是艺术家知觉、情感、理想、意念综合心理活动的有机产物。作为一种审美性的社会意识形态，艺术主要是满足人们多方面的审美需要，从而在社会生活尤其是人类精神领域内起着潜移默化的作用。根据表现手段和方式的不同，可分为表演艺术（音乐、舞蹈）、造型艺术（绘画、雕塑、建筑）、语言艺术（文学）和综合艺术（戏剧、影视）。根据作品形态的时空性质，又可分为时间艺术（音乐），空间艺术（绘画、雕塑、建筑）和时空艺术（文学、戏剧、影视）。根据作品的感知特点，又可分为视觉艺术（美术）、听觉艺术（音乐）和视听艺术（表演）。

读这样的概念，我总觉得和生活中的艺术隔着很远一段距离。我想，面对这类理性十足的文字，大概会使很多原本热爱艺术的人也望而生畏。何为"审美主体和审美客体的互相对象化"？什么是"知觉、情感、理想、意念综合心理活动的有机产物"？恐怕越解释越使人糊涂。关于艺术的分类，有道理，但也难以将千缕万脉的分支归纳得清晰而合理。

其实，艺术对日常生活的影响和参与无所不在。在人类发展的漫长历史中，人类的艺术活动和追求大概是贯穿始终的。我们在山洞和崖壁上发现的远古时代的壁画，那是祖先以艺术的方式记载他们的生活和历史，而比这些岩画更早的艺术，我们看不到，但可以想见，先祖们在火光中呐喊、舞蹈、敲打石块和棍棒……那是人类最初表达快乐、痛苦和悲伤的艺术行为。不同时代的艺术，凝聚了不同时代人类的智慧和情感。我想，原始人类在崖壁上刻出的壁画和现代画家的油画没有本质上的差别，古人的石磬、编钟和现代人的小提琴、电子琴的功能也同出一辙，荒蛮时期人们在野外的即兴舞蹈和今天大剧院里演出的芭蕾也属于同类。如果把人类的历史比作一辆长途车，艺术像润滑剂，像车上的装饰和鸣响器，有了这些，这辆车的前行就变得有声有色。随着社会的发展，生活的进步，人类的想象力和创造力也在不断地变化进展，艺术从本能的宣泄演变为文明人类精神生活的必需。生活造就了无数艺术家，艺术家的创造，也丰富美化了人类的生活。当欧洲的莫扎特在穷困潦倒中谱写他那些不朽的美妙旋律时，中国的郑板桥、金农和其他几位"扬州八怪"成员，正在用他们的画笔宣泄愤世嫉俗的激情。他们身处不同的地域，不同的人物，不同的性格，不同的文化背景，创造出不同的艺术，然而时隔二百余年，这些艺术依然在世界上流传，依然在给不同的人群带来欢乐和激情，带来连绵不绝的遐想。艺术打破了时空的界限，使暗淡的人生变得有了光彩。艺术在潜移默化中提升着我们的情趣，扩展着我们的想象力。我想，所谓的想象力，其实很多时候是来自艺术的影响，相信每个人都可能有这样的经验。童年时代，我曾经住在一间漏雨的阁楼上，雨天过后，天花板上的水迹，竟使我产生无数奇妙的联想，在有机会参观美术馆，读到那些世界名画的画册之前，天花板上那些变幻无穷的水迹诱导我伸展想象之翼，带我上天入地，使我在凝视和遐想中成为艺术的参与者和创造者。现在，我拥有上千张唱片，可以通过音响设备一刻不停地欣赏我喜欢的音乐，这自然是品尝艺术。但在童年时代，我能回忆起的最美妙的音乐，却是街头和弄堂里小贩的叫卖声和修牙刷修雨伞的吆喝声。将水迹、叫卖声与艺术联系在一起，有点像开玩笑，但这样的联想不是空穴来风，它们源自对绘画和音乐的爱好。伏尔泰说："所有的艺术都是亲兄弟，每一种艺术都能给另一种艺术以启迪。"生活中的情形正是如此。

我不是艺术家，也不是艺术评论家，只是一个艺术爱好者。这几本书，是我作为一个艺术爱好者的体会和感想，其中有对音乐的感受，有对绘画雕塑的欣赏，也涉及戏曲、舞蹈及其他，当然，还有我更为熟悉的文学。这反映了我个人的喜好。如果说人类创造的美好艺术如同一片浩瀚的海洋，我就像一个在海边悠闲踱步的游人，海潮冲上沙滩时，在我的脚背上溅起晶莹的水花。这些水花并不能说明海的浩瀚，却传达了一个爱海者的陶醉和欣悦。我想，这几本书里的文章，不过是几朵水花而已。如果读者能从这些水花的闪动和喧哗中，引起一些感情上的共鸣，从而激起对艺术的兴趣和爱好，对我来说就是莫大的荣幸了。

多年前，我曾经写过一篇短文，题目是《艺术是什么》，我试图用自己的话语，对艺术和人类生活之间的关系作一点描绘，关于"艺术是什么"这样的问题，我的文字无力作答，但它们表达了我对艺术至高境界的憧憬和向往：

人类用智慧、情感和美妙的幻想培育出的奇花异草，使单调平淡的生活充满了诗意。这些奇花异草，便是艺术。

假如生活是一片晴朗蓝天，艺术犹如蓝天上的云霞。它们时而洁白如雪，时而五彩缤纷，时而轻盈如柔曼的丝絮，时而辉煌如燃烧的烈火……如果没有它们，空荡荡的天空会显得多么寂寥。

假如人生是一条曲折的路，艺术就是路边的花树和绿草。大自然的花草会凋谢，艺术的花草却永远新鲜美丽。无论你喜欢浓艳或者淡雅，大红大紫如牡丹勺药，素洁清幽如腊梅莲荷，甚至是野草丛中一束雪青的矢车菊，你尽可以随手采摘，或观其色，或闻其香，或赏其形……一花在手，旅途的寂寞就会烟消云散。

在黑暗的时刻，艺术会在你的心头燃起晶莹而灿烂的火苗，火光里，你憧憬和梦幻中的一切奇丽美妙的景象都可能一一出现，就在你为之由衷惊叹时，艺术悄悄地把你引出了灰色的迷途……

在寂静的时刻，艺术会化作无数闪闪发光的音符，在你的周围翩翩起舞……

在喧嚣的时刻，艺术会化作一缕缕清风，洗涤你心头的浮躁和烦恼……

艺术是一个忠实而又多情美丽的朋友，假如你曾经迷恋过她，追求过她，热爱过她，她就永远不会离开你。当你的朋友们全都拂袖而去时，她仍会一如既往地留在你的身边，在寂寞中为你歌唱，在孤独时伴你远行……

庚子年春三月于上海四步斋

目 录

冬宫之谜

难道是海洋，这古老的灵魂凶犯，

点燃了你的才气？

你以自己金色的竖琴

歌颂海神尼普顿可怕的三叉戟。

——普希金《至维亚泽姆斯基》节选

注：这首诗描写的是鲁本斯的《土与水的结合》（藏于艾尔米塔什博物馆）

冬宫的外观，不如想象中那么雄伟。青白相间的三层楼房，没有巨柱支撑的门廊，也没有宽阔的大理石台阶，在当年彼得堡的建筑群中，似乎不能算最有气派的一座。然而它却是昔日帝俄的象征。随着人民起义的炮火叩开了冬宫的大门，沙皇尼古拉二世从这里被押上刑场。在世人的眼里，冬宫标志着一个旧时代的结束，也标志着一个新时代的开始。

如果说冬宫的外表有什么与众不同的地方，那就是屋顶上的数十尊雕塑。那是一群形形色色的古代人物和一些巨大的花瓶，他们环立在屋顶四周，表情肃穆地俯视着冬宫前的大广场，俯视着冬宫后的涅瓦河，也俯视着冬宫两侧的街道和庭院。沙皇永远失去了冬宫，而这些雕塑却依旧默立在屋顶，俯瞰着人世的风云。

　　然而对于现代人类来说，冬宫的价值大概不在于它的带有传奇色彩的故事，不在于它在历史中的坐标式的地位。人们来寻找它，访问它，在它的殿堂中流连忘返，是因为这里聚集着艺术的瑰宝。在爱好艺术的人们的心目中，艾尔米塔什博物馆的名字，比冬宫更响亮，更令人神往。艾尔米塔什博物馆，就在巍峨的冬宫之内。

　　艾尔米塔什博物馆使我惊讶，使我陶醉。

　　我的惊讶是从进入冬宫的那一刻开始的。从面向涅瓦河的后门进入艾尔米塔什博物馆，艺术气息扑面而来。展现在我面前的是一条两边摆满大理石雕塑的长廊，长廊的尽头是白色的大理石楼梯。踏上楼梯抬头环视，满眼尽是白色和金色的雕塑，连天花板上也画满了油画。威严的武士和端庄的美女千姿百态地遍布厅堂，从四壁的每一个角度凝视着你。天花板上，展翅飞舞的小天使在蓝天白云中鸟瞰着你。在这些目光的注视下，一种敬畏之感油然而生，这并不是对皇家气派的敬畏，而是对艺术的敬畏。艺术家竟能在一座石头的建筑中营造出如此辉煌多彩的氛围，简直使人难以想象。然而这只是一段小小的序曲，和以后的内容比，这段序曲便显得平平淡淡了。

　　冬宫的二楼便是巨大的艺术展览馆。在一间间金碧辉煌的大厅里，陈列着无数珍贵的艺术品，其中不仅有数不清的大理石雕塑，还有银器、铜雕、瓷器，最为可观的是油画。几代沙皇都有搜集珍宝的嗜好，沙皇的使者们从世界各地寻购珍贵的艺术品，意大利的雕塑、法国的家具、波斯的地毯、中国的瓷器，源源不断地运进冬宫，使这座石头的宫殿内部日益缤纷。当然，在艾尔米塔什博物馆，最令世人瞩目的收藏，是油画。这里的油画，琳琅满目，使观者眼花缭乱，文艺复兴以来欧洲所有大画家的作品，这里应有尽有。仔细浏览的话，每走几步就可以发现让你眼睛发亮的名字：达·芬奇、米开郎基罗、拉斐尔、提香、鲁本斯、大卫、德拉克洛瓦、伦勃朗、哥雅、马奈、列宾、希施金……光是伦勃朗的作品，就有数十幅，布满了一个近百平方米的展厅。在这些价值连城的名画前，没有任何遮拦，鲁莽的观者伸手便可以触摸到画布。我无法一口气描绘那么多的名画，在一方方金色画框勾出的空间里，展示出画家无限的想象力和创造力，全世界每个角落的风光都在这里，人类的每一种神态都在这里。我想，取出冬宫藏画的百分之一，便可到世界的任何一个城市办一个一流的画展。从这里随便取一幅画放到中国的哪个美术馆里，都可以成为镇馆之宝。

在艾尔米塔什博物馆浏览一天，无法将这里的油画一一读遍。

在博物馆的中央大厅里，我坐在椅子上，让站立了一天的腿脚稍作休息。我请俄罗斯朋友为我拍了一张照片。回到国内，将胶卷冲洗出来，看到我坐着休息的这张照片，我吃了一惊，我发现自己仿佛是坐在一个宝库的中央，背后那阔大的空间里，挂着无数大大小小的油画，它们层层叠叠地排列在空中，像一群来自遥远世界的神奇船队，正扬帆而来，向人们展示着艺术的奇妙和丰富。

陪同我参观艾尔米塔什博物馆的俄罗斯小说家格拉宁很自豪地告诉我：“冬宫，同法国的卢浮宫和中国的故宫一样，是世界上最丰富的博物馆之一。”这样的评价并不夸张。格拉宁是俄罗斯当代的大作家，曾经来过中国，也去过北京故宫。我问他，如把艾尔米塔什博物馆和故宫博物院相比，你觉得怎么样？他的回答很有意思，他说：“故宫里看到的是中国的历史和中国的艺术，而艾尔米塔什是欧洲的艺术，是世界的艺术。当然，要了解中国的文化和艺术，必须去故宫，而想看欧洲的油画，那要到艾尔米塔什来。”

在冬宫上下来回走动后，才发现这座建筑其实规模巨大，人在其中行

《弹鲁特琴的女人》（局部）
卡拉瓦乔，1595 年，布面油画
94cm×119cm
艾尔米塔什博物馆收藏

走，渺小如蚁。在里面转了一天，仍然无法对它迷宫般的构造有清晰的认识。我是事后看了介绍艾尔米塔什博物馆的文章和图片，才对它的历史和结构有较完整的了解。

昔日沙皇的冬宫其实由五个部分组成。这五个部分分别是：冬宫、小艾尔米塔什、旧艾尔米塔什、新艾尔米塔什、剧场和休息室。艾尔米塔什博物馆所占用的建筑，也由这五个部分组成。

冬宫，是这五个部分中最重要的建筑，也就是面对皇宫广场和涅瓦河的那一排主建筑。如果站在涅瓦河对面看过来，这一排宫殿是河岸上最巍峨瑰丽的建筑，无风的日子，涅瓦河上波平浪静，冬宫的倒影映在河面上，神秘而静谧，楼顶上那一排雕塑静静地从河底浮升起来，如同神话在水中上演。只是涅瓦河上难得有波平如镜的时候，在斑斓波光中，这水中倒影便成了莫奈的印象派油画。冬宫的建筑风格，属于巴洛克式，动工于 1754 年，落成于1762 年，前后花了八年时间。设计这座宫殿的是 18 世纪著名的建筑师 B. 拉斯特雷利。这位建筑师祖籍意大利，出生于巴黎，少年时代随父亲来俄罗斯，后又去意大利学习建筑设计，回到俄国后成为极受皇室器重的设计师。在圣彼得堡，除了冬宫，他还设计了皇村的叶卡捷琳娜宫、斯莫尔尼修道院等著名建筑。这两幢建筑，我都见到过，虽然没有冬宫那么大，但也一样精美绝伦。叶卡捷琳娜宫的金色圆顶，曾出现在普希金的诗篇中。当然，这位建筑大师留给世人的作品，最了不起的还是冬宫。他巧妙地利用了周围的自然景色，把冬宫和波涛汹涌的涅瓦河连为一体，使它成为一座神奇的水上宫殿。在世界建筑史上，冬宫设计的完美和建筑的成功，一向为世人所公认。历经两个多世纪，这座建筑魅力依旧。艺术的建筑，容纳着艺术的博览，可谓珠联璧合。

小艾尔米塔什，建于1764年至1775年之间，也花了十来年时间。这是根据叶卡捷琳娜女王的旨意建造的。这部分建筑沿着冬宫正面向东延伸，作为冬宫的扩充，用一座石桥相连。为什么会取名"艾尔米塔什"？俄语"艾尔米塔什"，是从法语的同音词直译引进的，法语"艾尔米塔什"是指古代隐修教士的住所，也是指僻静、幽静的所在。把皇宫的一部分称为"艾尔米塔什"，是指皇宫里休闲、娱乐的场所。当时，叶卡捷琳娜女皇在冬宫建造艾尔米塔什，主要目的就是为皇宫建立画廊或美术馆。在筹建艾尔米塔什的同时，第一批藏画也从德国运到了俄国。叶卡捷琳娜女皇从一个德国商人那里购得了这批油画，共225幅，其中有伦勃朗和哈尔斯的作品。此后，世界各地名画家的作品，从四面八方源源不断汇集到俄国，汇集到冬宫。冬宫的其他三部分建筑，其实是和冬宫连成一体的一个建筑群，它们和冬宫组合成一个"凹"字型的建筑，虽然都只有三层楼，却显得气势恢宏。"新艾尔米塔什"落成于1851年，和冬宫的动工相隔有一百多年了。造"新艾尔米塔什"，目标非常明确，是专门为博物馆设计的。"新艾尔米塔什"落成的第二年，这里便正式成为皇家美术馆。而在"十月革命"胜利后，整个皇宫，便都成了博物馆。叶卡捷琳娜女皇大概做梦也没有想到，她精心构筑的皇宫，日后会成为世界上最大的博物馆之一，成为来自世界各地的艺术爱好者的景仰之地。

从这些艺术珍品前匆匆而过时，我的心里升起一个疑问：沙皇当年收集这么多艺术品，究竟是为了什么？是出于对艺术的热爱，出于审美的需要，还是为了炫耀皇宫的财富，满足一种占有天下的欲望？或者是两者兼而有之？沙皇的苦心，可谓成果累累，冬宫里，汇集了数百年来人类艺术创造的精华。贫穷的俄罗斯为沙皇的这种嗜好付出的代价是可以想象的，那是河一样流淌的血汗，山一样高筑的白骨……

把艾尔米塔什博物馆的美术作品比作一片浩瀚之海，一点也不过分。我们不妨来看一些数字。十月革命胜利之后，艾尔米塔什美术馆收藏的艺术品总数多达二百八十多万件，其中，欧洲的油画有将近八千幅，雕塑二千多件，版画和素描五十多万件，工艺美术品将近七万件。这些数字中，还不包括古希腊、古罗马、古埃及和古代中国的不计其数的珍贵文物。如果想仔细欣赏艾尔米塔什博物馆的收藏，花一年时间也不为多。著名的俄罗斯汉学家孟列夫曾陪我参观一个保存中国敦煌文物的大仓库，几百平方米的大厅里，堆满了千百年前的中国典籍、牍卷、经文、手牍、绘画……俄罗斯的汉学家们只是整理了其中的一部分藏品的目录，就写成了厚厚的一本本专著。孟列夫的一本著作，就是中国古代手抄本的目录汇编，而这些手抄本，都静静地躺在昔日的皇宫深处。在那个大厅里徘徊时，我曾经生出一点悲哀和愤慨。这些藏品，对中国来说，也许是国宝，在这里，它们只是无声无息地躺在幽暗的柜橱中，难得有见到天日的时候。这些中国的国宝，是如何流传到了这里？其中的故事，大概可以写一本使中国人流泪的书。不过，可以给人一点欣慰的是，它们还完好无损地被保存着，只是远在异国他乡。我想，以宏观的历史眼光来看，由这样一个规模巨大的博物馆展现人类的智慧和艺术，应该是一件好事。像法国的卢浮宫，美国的大都会博物馆，中国的故宫博物院一样，艾尔米塔什博物馆中的收藏，不仅属于俄罗斯，也属于全世界，属于全人类。

且把艾尔米塔什博物馆的藏品比作一片海洋吧。这海洋中晶莹的浪花，究竟从何而来？

18 世纪后半叶，在彼得大帝励精图治创立起来的繁荣强盛局面的基础上，俄国作为一个欧洲强国正在不断崛起。当时，不仅叶卡捷琳娜女皇自己喜欢收藏油画和艺术品，俄罗斯的知识精英也已经意识到在俄国建立艺术博物馆的必要。他们认为，作为一个强大的国家，应当有一个与之相称的博物馆，既收藏本国的艺术品，也收藏世界各地的艺术品。他们的想法，和叶卡捷琳娜女皇不谋而合。在她之前，路易十四等几个欧洲大国的君主都是大收藏家，她

《玛丽德·美第奇和享利四世在黑郡的会面》
鲁本斯，1622 年，木板油画
33.5cm×24.2cm
艾尔米塔什博物馆收藏

▶ p010

也想跻身他们的行列。这位专断强悍的女皇，一旦确立了目标，便会不遗余力地去谋求实现。她说："这不是爱好艺术，而是贪得无厌。我不是风雅之士，而是饕餮之徒。"叶卡捷琳娜虽然口里这么说，实际上她还是一个愿意花一点功夫探究艺术的君王。在这方面，法国哲学家狄德罗给了她很大的帮助。狄德罗是叶卡捷琳娜的私人朋友，他在艺术方面的修养和见解在很大程度上影响了女皇的观念和趣味。此外，当时俄国一些文化修养较高的贵族，也给了她有益的建议。譬如当过驻法国和荷兰大使的戈利青，纪念碑《青铜骑士》的作者、著名雕塑家法尔科内等。在叶卡捷琳娜女皇的亲自策划支持下，俄国皇宫决定在西欧国家物色藏品丰富的私人收藏作为采购对象，这项任务由俄国驻西欧各国的使臣们来完成。1764 年从德国商人那里购得的第一批油画，只是俄国皇宫大规模采购油画的一个序曲。俄国皇宫的主要收购行动在巴黎进行，因为当时巴黎是欧洲艺术的中心。另外，在德累斯顿、伦敦、罗马和阿姆斯特丹、海牙等城市，俄国皇宫的收藏家们也在同步行动。

1767 年，俄国大使戈利青在巴黎的拍卖行里购买到了第一批艺术品。这是法国著名收藏家让·德·朱利安的私人藏品。朱利安是法国大画家华多的朋友，他的这批藏品中有伦勃朗的《持眼镜的老妇像》、有和伦勃朗同时代的画家梅蒂绥的《女病人和医生》、丹尼斯的《农民婚礼》等名作。第二年，又从昔日路易十五秘书的收藏中购得伦勃朗的学生多乌的三件作品，还有西班牙名画家牟里罗的《逃亡埃及途中的休息》。这一年，戈利青还有一个重大收获，从巴黎一位并不太出名的收藏家手中，他购得了伦勃朗的伟大代表作《浪子回头》。

1769 年，德累斯顿贵族布留列伯爵的后裔将家族所藏的一大批艺术收藏品卖给俄国皇宫，其中的大量版画和素描，成为艾尔米塔什博物馆版画素描收藏的基础。在这批收藏品中，有法国画家克拉纳赫的作品《窘迫的请求》。

戈利青从巴黎大使调任海牙使臣后，他在欧洲采购艺术品的活动就更为广泛活跃。他在荷兰和比利时的艺术市场辛勤采撷，时有收获。与此同时，他仍然和巴黎保持着联系，不放弃任何一次可能购得艺术珍品的机会。1768 年，戈利青在布鲁塞尔从奥地利宫廷全权大臣柯贝茨利手中买到 46 幅油画，其中有鲁本斯的几幅作品，还有六千多幅素描。1771 年，戈利青在海牙购得著名收藏家布拉卡姆斯的一大批藏画，然而在运往圣彼得堡途中，轮船遇到风暴沉没，那一批名画也葬身海底。

1772 年，艾尔米塔什又有重要收获。那一年，戈利青在狄德罗等人的帮助下，从巴黎最有实力的艺术收藏家克罗塞家族手中购买到一大批名画。克罗塞的艺术收藏，在 18 世纪上半叶的法国是首屈一指的，他是巴黎巨富，为收藏艺术珍品不惜一掷万金。他把自己丰富的收藏陈列在厅堂里，向艺术家和爱好者们开放。克罗塞去世后，他收藏的一部分艺术品逐渐流失，但他收藏的近四百幅油画名作依然完整地被家族保存着。戈利青千方百计，花费了将近四十三万银币，将这批作品中的大部分购买下来，进入艾尔米塔什的库藏。这批交易使艾尔米塔什得到不少西欧古典艺术大师的稀世珍品，特别是意大利画派的作品，譬如拉菲尔的《圣母与年轻的约瑟》、乔尔乔内的《朱提斯》、提香的《丹娜依》、委罗纳塞的《哀悼基督》、丁托列托的《施洗约翰的诞生》等等。另外，还有鲁本斯的五幅画稿、伦勃朗的几幅油画，都是世界油画艺术的杰作。克罗塞收藏的这批法国作品中，有路易·勒南、普桑、华铎、夏尔丹等名家的力作。这笔交易的成功，使艾尔米塔什的藏品大为丰富。这件事情，使狄德罗感叹不已，一方面，他在帮忙促成这样的交易，一方面，他又为这些艺术珍宝离开法国进入俄国而遗憾。在给雕塑家法尔内科

红色房间
马蒂斯，1908 年，布面油画
180.5cm×221cm
艾尔米塔什博物馆收藏

信中，他这样写道："啊，我的法尔内科老友，我们经历了一个多大的变化！我们在和平时期出售绘画和雕像，而叶卡捷琳娜却在战时收购它们。科学、艺术、风雅和智慧流向了北方，而蒙昧则挟其相关的事物涌到了南方。"狄德罗在为法国的艺术品流失而叹息时，情不自禁地为叶卡捷琳娜的眼光和气魄感慨。也许，没有叶卡捷琳娜的这种眼光和气魄，就不会有现在的艾尔米塔什博物馆。

1779 年，艾尔米塔什收藏史上又一次意义重大的采购活动在英国伦敦发生。在乔治一世和二世执政期间曾任首相的罗伯特·沃波列是 18 世纪上半叶英国最重要的艺术收藏家之一。他的藏品具有典型的英国藏品的特征，不同于法国，法国收藏家的藏品多以荷兰的风俗画和风景画为主，而沃波列的收藏中，很大一部分是 17 世纪意大利画家的作品，也有鲁本斯、伦勃朗、普桑的作品，还有凡·代克在英国逗留期间留下的作品。艾尔米塔什收藏西欧油画的热情引起沃波列后代的注意，他们权衡得失后，决定把自己的收藏卖给俄国。当这个巨大交易的消息传出后，在英国社会引起强烈反响，很多英国人对此表示不满，甚至很愤怒。有人在议会对此事发出质问，还有人试图阻挠这批艺术品出境。然而，这笔巨大的艺术品交易还是成功了，沃波列的 198 件藏画进入了艾尔米塔什博物馆的藏画目录。这批画中，有鲁本斯的《西蒙的宴席》《运石工人》《酒神节》和他为凯旋门创作的一组画稿、凡·代克的《圣母与鹧鸪》、斯奈达尔斯的《鸟的音乐会》以及约尔旦斯的《群像》。为这一批画，就可以专门建立一个博物馆，然而艾尔米塔什的目标和胃口要更大得多。

俄国皇宫不仅将寻珍觅宝的目光投向西欧，对国内的收藏家，也没有视而不见。在 18 世纪中叶，俄国已经有了一批相当有眼光有实力的私人艺术品收藏家，他们的藏品，量多质高，可以和西欧的收藏家媲美。有几位大收藏家，一直舍不得把自己收藏的油画转让给皇宫，但是十月革命之后，这些昔日贵族和富豪的艺术收藏，大多收归国有，也进入了艾尔米塔什藏品的目录。

艾尔米塔什的收藏，在某种意义上推动促进了欧洲当时的艺术创作活动。俄国皇宫除了在拍卖行收购作品，向收藏家购买藏品，还直接向艺术家订购作品。对这个品味不俗、实力雄厚的大买主，画家们都乐于打交道。接受艾尔米塔什订单的画家，有法国的格勒兹、夏尔丹、韦内尔等画家。值得一提的是当时著名的英国画家雷诺兹，也接受了艾尔米塔什的订件，并被允许由他自行选择绘画的题材。他的名作《将毒蛇窒息而死的幼童赫拉克列斯》，便是应艾尔米塔什之约而作。叶卡捷琳娜女王对订购画家作品的事，常常亲自过问，对这样的事情，她总是乐此不疲。

我们可以想象一下，叶卡捷琳娜女王面对着源源不断涌入皇宫的这些艺术珍宝，会有些什么感觉。空空荡荡的皇宫里，突然变得色彩斑斓，各大名作，都汇集在她的厅堂里，渴望成为世界上最大收藏家的女皇也许会觉得美梦已经成真。陈列在艾尔米塔什的这些艺术品，开始有点杂乱无章，它们被随意地挂在墙上，作为皇宫里的一种装饰品。叶卡捷琳娜常常在挂满了油画、陈列着各种艺术品的大厅和走廊里漫步，浏览这些耗费巨资换得的艺术珍宝，她的目光中充满了欣喜和满足。她在给近臣格林的信中写道："我小小的陋室，从寝宫来回要走三千步。我在这里漫步，四周全是赏心悦目的艺术珍品，我现在之所以身体状态良好并恢复了健康，全靠一冬天的这些散步。"叶卡捷琳娜女王在俄国执政时间长达三十四年（1762—1796），在俄国历史上，这是一个有争议的人物。但是她对俄罗斯文化和艺术的繁荣所做的贡献，却是任何人也无法否认的。也许可以这么说，如果没有叶卡捷琳娜，就不会有今天的艾尔米塔什博物馆。不管她当时收购这些艺术品是出于何种目的，说她是虚荣也好，是无聊的消遣也好，但是她以如此的魄力将这么多的艺术珍品收集到俄国，并为此建立博物馆，这样的举动，对文化的积累和艺术的传播，应是一大功绩。

叶卡捷琳娜去世时，艾尔米塔什的藏画已多达三千余幅。女皇去世后，俄国皇室为管理这些藏画成立了一个专门委员会，成员多为皇家美术学院院士。他们为艾尔米塔什的藏画编出了详尽的目录。这些画，有时被搬出艾尔米塔什，到皇室外的其他宫殿、城堡和别墅里展出，但因为有目录和严格的管理，它们不可能流失。叶卡捷琳娜去世后的头十年，艾尔米塔什对艺术品的收购失去了昔日的规模，但依然没有中断。那十年中，陆续收购到了鲁本斯的《土与水的结合》、弗拉戈纳尔的《农场主的子女》等名画，以及韦内尔和罗贝尔的一些风景画。

蒙日龙的池塘
莫奈，1876年，布面油彩
173cm×194cm
艾尔米塔什博物馆收藏

到 19 世纪上半叶，艾尔米塔什又有了一位有眼光的管理者，他的名字叫拉奔斯基。拉奔斯基也是画家，曾做过皇宫的绘画装饰师。从 1797 年开始，他负责管理艾尔米塔什的绘画收藏，一直到 1849 年，整整半个世纪。绘画的收购，受到皇室的许多限制，但是，在他有限的职权内，他却为艾尔米塔什做出了卓越的贡献。1808 年，他去巴黎出差，购得两幅难得的油画名作，一幅是卡拉乔瓦的《弹鲁特琴的女人》，另一幅当时也被人认为是卡拉乔瓦的作品，后来才被确认是斯帕达的《圣彼得的受难》。拉奔斯基那双鹰一般的眼睛，一看到这两幅画便灼灼发光，尽管囊中并不丰盈，但他绞尽脑汁，把这两幅画买到了艾尔米塔什。经他之手购得的名画，还有荷兰画家霍赫的油画《主妇与仆人》、尚帕涅的《摩西》等。

1812 年，拿破仑大兵压境，俄法战争打得难解难分。法国军队兵临城下，俄国皇宫里曾一片慌乱。当时的景象，我们在托尔斯泰的《战争与和平》中可以有所领略。如果法国人打进冬宫，这些珍宝怎么办？唯一的办法，便是撤离和转移，皇宫已经准备做这样的安排。然而俄国统帅库图佐夫神机妙算，在冰天雪地中拖垮了拿破仑的军队。法国军队丢盔弃甲，几乎全军覆灭。拿破仑带着耻辱和悔恨回到巴黎，他再也无缘看到艾尔米塔什的珍宝。1814 年，俄皇亚历山大一世购进了曾归拿破仑皇后约瑟芬所有的马尔密松宫收藏的大部分藏画，共 108 件，其中有伦勃朗的《下十字架》、泰尔博赫的《一杯柠檬水》、梅蒂绥的《早餐》、法国画家朗洛的组画《晨》《中午》《傍晚》《夜》，还有鲁本斯和丹尼斯的几幅名作。十五年后，约瑟芬收藏的另外几幅伦勃朗和里贝拉等画家的名画，也被拉奔斯基想方设法从她的女儿手中购得。此时，在荒凉的圣赫勒岛上，当年曾经觊觎过冬宫的拿破仑，已经静静地化为一抔泥土。

在19世纪，艾尔米塔什的收藏活动，还有一些事件值得一记。18世纪末19世纪初，西班牙的绘画引起世界的注目。艾尔米塔什最初的收藏中，除了牟里罗的几幅作品，几乎没有什么西班牙的油画。1814年，在阿姆斯特丹，艾尔米塔什从一位英国银行家手中购得一批西班牙画家的油画，其中有委拉斯贵支、苏巴朗等名家的佳作。在18世纪中期，又在巴黎等地购得不少西班牙油画。19世纪下半叶，又有几幅重要的作品进入艾尔米塔什。1866年，从意大利贵族丽达公爵手中购得达·芬奇的《利达圣母》(此画因为利达公爵收藏，故称《利达圣母》)；1870年，在佩鲁贾购得拉菲尔的《柯内斯达比尔圣母》(此画原由柯内斯达比尔伯爵收藏，故得名)。这两幅圣母像，成为艾尔米塔什两颗耀眼的明珠。

从19世纪开始，俄国皇宫也开始注意收集本国画家的作品，并在艾尔米塔什开辟专门的陈列厅。后来，皇室决定，俄国艺术家的作品都由亚历山大三世博物馆收藏，艾尔米塔什便将俄国绘画作品悉数转交。所以，在艾尔米塔什，我们看不到俄罗斯的油画。

十月革命胜利后，艾尔米塔什没有遭到任何破坏，俄国皇室珍爱艺术善于搜集珍宝的传统，被苏维埃政权继承了。革命的胜利者把俄国贵族收藏的名画大多收归国有，那些本来面对求购的皇室也要摆一点架子的贵族们，此时只能老老实实地把家里的珍宝拱手交出。苏维埃政权的领导人对艺术也不是外行，他们在莫斯科建立了莫斯科国立造型艺术馆。这个艺术馆中，不仅集中了大量西欧和中欧的绘画，还收集了大量印象派、后印象派以及马蒂斯、毕加索等画家的作品。为了充实国立艺术馆的藏品，他们从艾尔米塔什调出四百多幅油画，其中有伦勃朗、鲁本斯、凡·代克、提香、约尔代斯、普桑、华铎等大师的作品。对艾尔米塔什来说，当然是重大的损失。然而，作为补偿，从莫斯科调来了一大批19世纪末、20世纪初法国画家的作品，这正是艾尔米塔什求之不得的。这批油画中，有莫奈、毕沙罗、西斯莱、高更、德加、塞尚、马蒂斯、毕加索等人的作品。而在这之前，艾尔米塔什几乎没有这类作品。19、20世纪法国绘画作为艾尔米塔什新的陈列部门从此建立。加上原本就有的法国画派的收藏，艾尔米塔什博物馆用四十个展厅陈列法国绘画。在全世界，除了法国本土，没有一个博物馆藏有如此丰富的法国绘画。

十月革命之前，艾尔米塔什是皇宫，虽然早在1852年便正式建立了美术馆，但一切归属于皇室。进入美术馆参观要得到一个皇家委员会批准，每年能进去参观的人数不超过三五百人。1863年后，艾尔米塔什美术馆开始自由开放，每年约有十六万人进去参观。十月革命胜利后，艾尔米塔什成了世人瞩目的博物馆，每年的参观者高达数百万人。

我，一个来自东方的中国人，徜徉在冬宫宽敞曲折的回廊中，只觉得自己的目光如同一叶扁舟面对着浩瀚大洋。在千姿百态的水晶吊灯光芒照射下，我的眼前铺展开一片令人目眩的艺术海洋，这是五六百年来西方油画大师们智慧和情感的结晶。🎐

圣母和民女

❀ 《持花圣母》，被认为是达芬奇创作道路上的里程碑。《利达圣母》中，圣母和小耶稣头顶光环消失，是从神到人重要的转变。

　　达·芬奇说："人，会像一只大鸟，将在高贵的天鹅背上，作自己的首次飞行。这将引起整个世界的惊异，于是所有的书都会谈论自己，并给发明者带来永恒的荣誉。"达·芬奇在五百年前的预言，现在看来并不是异想天开，人类的飞翔早已进入了太空。在当时，这样的预言，被很多人认为是痴人说梦。达·芬奇不仅是一个伟大的画家，也是科学家，也是诗人。作为诗人和画家，他可以用自己的想象任意描绘心里的梦想和未来的景象，但作为科学家，他却必须以严谨的态度对待他所从事的一切工作。

　　在达·芬奇的时代，还没有解剖学这门学科，人类对自己身体的了解非常少。达·芬奇冒着风险解剖尸体的故事，几百年来一直广为流传。在中世纪，这样的行为在很多人的眼里是对上帝的冒犯，或者是疯子所为。在黑暗中，年轻的达·芬奇借着微弱的烛火解剖尸体，研究人类的肌肉骨骼和身体的构造，需要何等的勇气和胆量。被解剖的尸体不会醒来，而正因为对人体的构造有了科学准确的了解，作为一个现实主义的画家，他的作品中所展示的人物形体，可以说是无可挑剔。即便是在摄影技术高度发达的今天，达·芬奇依然显示出他的高超技法。很多画家可以根据照片将人的形态和肌肤描绘得纤毫毕现，然而和达·芬奇相比，在真实性这一点上，仍然看不出有多少高明之处。而对达·芬奇而言，在他的时代能将写实的风格发展到很高水平，实在是一种了不起的创新。这样的创新，正是建立在科学的态度上。

"谁不尊重生命，谁就不配有生命。"达·芬奇正是怀着对生命的尊重在进行他的艺术创作。

在艾尔米塔什博物馆，我见到达·芬奇的两幅作品，题材都是圣母像，一幅是《持花圣母》，另一幅是《利达圣母》。虽然是宗教题材，但却能感受到日常亲切的生活气息。

《持花圣母》作于1478年，是达·芬奇年轻时代的作品。尽管圣母和小耶稣的头顶上都有神灵的光环，我看到的，仍是一对人间的母子。圣母看上去像一个纯真的少女，她怀抱着小耶稣，手中拿着两朵小花。在我见到的圣母像中，达·芬奇所画的这幅圣母是最年轻的，在她的脸上，还看不到岁月的沧桑，看不到人间的愁苦，看不到发自内心的忧虑。我看到是母亲凝视儿子时那种由衷的欣喜，是不由自主表现出来的母爱。她的手中捏着两朵小小的野花，这小花，是她刚刚从田野采来的，花瓣和枝叶上还沾着晶莹的露珠。由此也可以想见，在她的裙袍上，在脚上，一定也沾着露珠。想象一下圣母在田野里采花的情景吧，在

鲜花盛开的田野里，年轻的圣母脚步安闲地走着，她撩动衣裙，步履轻盈，她的目光在绿叶和花草中游动。她要挑选几朵清新的小花，回去送给襁褓中的耶稣。耶稣还小，不会赏花，但有心的圣母要让他从小就感受大自然的清新和美，要他看一看万能的造物主是多么神奇，在天地之间，他随心所欲地创造出多姿多彩的生命。在达·芬奇的笔下，小耶稣也不是一个神灵的形象，尽管他的头顶有着光环，画中的耶稣是一个人间可爱的婴儿，他赤裸着健康的身子，坐在圣母的膝头。他未涉世事的目光，被圣母手中的小花吸引了，他在专注地凝视那朵刚刚从田野里采来的小花，他的小手捏住了纤细的花茎，两朵白色的小花，正在他的手指上颤动。

也许是画家把圣母的形象创作得过于年轻，她看上去甚至像一个尚未成年的少女，所以，这幅画中的圣母和耶稣，看起来更像是一个温顺的姐姐正在爱抚一个小弟弟，这种爱抚，也是母性的自然流露。毫无疑问，画家把圣母的圣洁无邪表现得令人信服。

达·芬奇创作《利达圣母》，在他创作《持花圣母》的十多年后。比较一下这两幅同题材的圣母像，是一件很有

◂ p026　持花圣母
1478 年，木板胶画转布面油画
49.5cm×33cm
艾尔米塔什博物馆收藏

意思的事情。《利达圣母》这幅画中，圣母正在为耶稣哺乳。端庄秀美的圣母抱着小耶稣，露出她丰满圣洁的乳房，满含深情地凝视着正在吸吮乳汁的小耶稣。她的脸上浮现出发自内心的微笑，这是一种宁静自然的微笑，这微笑中有幸福和满足，也有倾诉和期待。这是陶醉在爱和幸福中的母亲的表情，是世界上最美丽动人的母亲的笑颜。而画面中的小耶稣，嘴巴含着母亲的乳头，一只手抚摸着母亲的乳房，也沉浸在幸福之中。《持花圣母》中的小耶稣是光头，而《利达圣母》中的小耶稣却是满头金色的卷发；《持花圣母》中的小耶稣双眼微阖，我们看不到他的目光，《利达圣母》中的小耶稣扬起了脸，若有所思地凝望着前方，他的眼睛很大，很清澈，但却不像一个未谙世事的婴儿。和《持花圣母》中那位似乎尚未成年的圣母相比，《利达圣母》中的圣母显得更为成熟，更像一个母亲。有人说，是小耶稣在圣母的哺育下长大了，圣母自己也渐渐成熟了。这是一幅能给人无穷遐想的作品，安宁优美的画面，却能使人想得很远，能看到人物内心深处的美好感情。这样的作品，应了中国人的一句格言："宁静致远"。

　　细心的观者都会发现，在《利达圣母》中，圣母和小

利达圣母 ▶ p029
1490—1491 年，木板胶画转布面油画
42cm×33cm
艾尔米塔什博物馆收藏

耶稣头顶的光环消失了。然而和《持花圣母》相比，画面中那种庄重神圣的氛围却并没有因光环的消失而减弱。这是为什么？我想，是因为画家对自己的绘画更有信心，对人物的刻画也更有把握。头顶的光环，是区别人和神的一个标记。头上有光环的人物，在现实生活中谁也没有见过。圣母和耶稣，他们在《圣经》故事中其实也是和常人无异的人，达·芬奇省略了他们头上的光环，缩短了他们和凡人的距离，给人一种亲和感。

《利达圣母》中，圣母和小耶稣正在想些什么？谁也不敢妄加评断。但是我们可以感觉到，他们内心憧憬和向往的境界一定是高远辽阔，充满了光明。圣母身后的那两扇窗户，在画中绝不是可有可无的装饰。窗户里展现的是什么景象？高敞的蓝天，涌动的白云，在白云蓝天下逶迤起伏的远山……这是令人神往的境界，也是画面中人物心灵的写照。圣母和小耶稣身处幽暗之中，他们的心中却是一片天光烂漫。那两扇洞开在幽暗墙壁上的窗户，是两扇明亮的心窗。和《持花圣母》中那扇单调的小窗相比，《利达圣母》中的这两扇窗户含义要丰富得多。

达·芬奇完成《蒙娜丽莎》是在1503年。距离他创作《持花圣母》已有二十五年，距离创作《利达圣母》也有十四、五年。有人把达·芬奇创造的蒙娜丽莎看作是人间最美丽的女性形象，我却有点不以为然。蒙娜丽莎确实很特别，端庄，但不一定是秀美，她的微笑虽神秘，但别的画家也创造了很多让人难忘的美丽女性，在达·芬奇自己的画中，也有不亚于蒙娜丽莎的女性。我以为，《利达圣母》

中的圣母形象，就是一个。利达圣母的形象，我相信是达·芬奇见过的一个民间妇女，一个凡俗女子。当时的很多宗教画家，想把画中的神和圣人画得超凡脱俗，不同于人间的凡夫俗子，结果画中的形象却虚假而生硬。达·芬奇的画中人物，原型都来自民间。譬如那幅著名的《最后的晚餐》，画中的犹大怎么画，曾使达·芬奇伤透了脑筋，他在人群中寻觅了很久，都不可得，有一个喜欢告状的教堂主持，面相阴险狡诈，他想以这张脸作为犹大的原型，但最终还是放弃。最后，当他在街头遇到一个无赖，无赖的那张脸和他想象中的犹大不谋而合。于是才有了我们现在看到的那个犹大，无赖穿上了圣徒的长袍，骨子里依然是无赖。

把圣母画成生活中普通的民女，这正是画家的过人之处。当然，这民女经过了画家的选择，她的神态和形体都表现出善和美，才让人觉得真实，觉得传说中的圣母和人间的母亲一样可亲可近。🌀

沉默的眼神

拉斐尔以绘制圣母著称，《读书的圣母》和《圣家庭》
只是拉斐尔作品中的小品。

　　欧洲的古典油画，大多数题材都来源于《圣经》,《圣
经》中的人物也是画中的主角。有人用画笔和色彩神化这
些人物，也有人把传说中的圣人画成生活中可以看见的凡
人。有人只是机械地图解《圣经》故事，有人却通过自己
的思考和分析，画出了《圣经》人物内心的喜怒哀乐。这
两者的区别，就是庸常之辈和大师巨匠的区别。

　　在艾尔米塔什博物馆，拉斐尔画的《读书的圣母》虽
只是小小的一幅，却是整个博物馆油画藏品中最引人注目
的。和拉斐尔在西斯廷教堂里画的那些巨幅壁画相比，这
幅圣母像似乎微不足道。然而谁也不能否认，这是一幅了
不起的作品。画面上，圣母抱着赤身裸体的小耶稣，站在
田野里。此时正是春天，田野里泛出清新的翠绿，花草和
树木正在发芽。圣母站在春光中，和小耶稣一起读她手中
的一本书。小耶稣还是不谙世事的婴儿，却对圣母手中的
书很感兴趣。他伸出手来，想翻动那本书，目光也聚精会
神地盯着书本。很明显，画家的意图是要表现耶稣的聪慧，

读书的圣母
约1502年，木板胶画转布面蛋彩画
17.5cm×18cm
艾尔米塔什博物馆收藏

小小年纪已经非同寻常。虽然也是一种概念的产物，却画
得自然动人。也许是怕辱没了大画家，小小一幅画，镶嵌
在精致繁复的大镜框里，金色的外框，反衬着朴素的画面，
也算是以小见大了。

拉斐尔在艾尔米塔什还有一幅作品《圣家庭》，也是宗教题材。画面上的这个家庭，读过《圣经》的人们都不会陌生。圣母玛丽亚和她的丈夫若瑟，还有他们的儿子耶稣，这并不是一个普通的组合。玛丽亚未婚先孕，使她怀孕的并不是若瑟，而是她并未谋面的圣神。善良的若瑟知道玛丽亚怀孕，并不告发她，只是打算悄悄地退婚，以免受耻辱。后来天使托梦给若瑟，要他娶玛丽亚，并告诉他玛丽亚因圣神而受孕，她生下的儿子应取名耶稣，耶稣将拯救百姓于罪恶之中。若瑟于是将玛丽亚娶回家中，但终生不和她同房。玛丽亚如天使预言，生下一个男孩，若瑟为他取名耶稣。拉斐尔描绘的，就是这样一个家庭。耶稣是玛丽亚的亲生骨肉，对若瑟而言，这男孩只是他的义子。画面上若瑟的神情严肃，他低头凝视着耶稣，正在沉思。对若瑟来说，他的精神上是有压力的，妻子生下的孩子，和自己其实毫无关系，但他知道这个孩子将成为拯救众生的伟人。伟人也要从婴儿一点一点长大，也要经历凡人必须经历的过程。这过程中有各种各样的痛苦和危险，他无法逃避，还必须勇敢地面对。因为担负着抚养耶稣的重任，若瑟成为了不起的圣父。在很多描绘圣家庭的油画中，若瑟总是处于一个不重要的地位，圣母和耶稣是主角，他只

▶p035

圣家庭
1505—1507年，木板胶画转布面蛋彩画
72.5cm×56.5cm
艾尔米塔什博物馆收藏

是配角，默默地站在画面一角。在拉斐尔的这幅作品中，若瑟所占的地位和玛丽亚相等，他和玛丽亚一样，头上顶着光环。画面上玛丽亚默默地凝视着自己的丈夫，目光流露出来的是一种沉静，也许其中还应该蕴涵着感激。她由衷地感激若瑟为她所做的牺牲。他牺牲了凡人的欲望，牺牲了丈夫的权利，只是尽心尽力和她一起分担养育耶稣的重任。更耐人寻味的是小耶稣的目光，他坐在母亲的腿上，依偎在母亲的怀里，却转过脸来仰望着若瑟。他的目光深邃而神秘，绝不是一个尚未涉世的婴儿的目光。小耶稣的目光中，包含着千言万语，只有若瑟才能理解这些语言。这是一幅沉默的画，虽说是描绘一个家庭，却看不到世俗意义的家庭欢乐，我们在画中感觉到的是严谨和肃穆。玛丽亚的温和圣洁，若瑟的宽厚苦涩，耶稣的聪颖睿智，交融成这个圣家庭超凡脱俗的氛围。

拉斐尔创作此画时是否如此想，我不知道。不过可以断定，他不是人云亦云，只会依样画瓢的画匠。和西斯廷教堂那些不朽的巨幅壁画相比，艾尔米塔什博物馆收藏的这两幅油画，只是拉斐尔创作中的小品。从小品中，也可以窥见大师风范。❀

提香的超越

提香是威尼斯画派的代表人物,《丹娜依》是提香后期的作品、美与丑在这里剧烈地碰撞。

在艾尔米塔什一间光线幽暗的厅堂中,我看到了提香的画。那幅巨大的《丹娜伊》,几乎占据了一堵墙壁。丹娜伊仰卧在床上,自然地袒露着她青春健美的胴体,她神态安详,目光平和,她的裸体像温暖的阳光在画面上流动。而环绕在她身边的,却是另一种景象:脚边是一个面色灰暗的女仆,她龇牙咧嘴,目露凶光,身体的姿态也显示着紧张和不安,似乎马上会有可怕的举动发生。身后的天空乌云密布,可以想象回荡在天地间的电闪雷鸣。一抹淡淡的阴影已经覆盖了丹娜伊的额头和眼睛……

我站在提香的油画前,有些不相信自己的眼睛。这幅画,距今已有四百多年,但它却如此完美无缺地被保存下来。此刻,它静静地陈列在这个不引人注意的角落里,陈列在我的眼前。提香是文艺复兴时期的大画家,他在威尼斯的画室里画这幅画时,已是六十余岁的老人。这类宗教题材的作品,在他之前无数画家曾画过,他们怀着虔敬的心情,画得一丝不苟,画面上弥漫着浓郁的宗教气息。而提香的作品却不是简单地图解《圣经》里的故事，他把自己在人世间的感受和思索通过这些作品表达了出来。在《丹娜伊》中，可以看到真与伪、美与丑、善与恶、光明和黑暗的对比，可以感受到命运的瞬息万变，人生的不可预测。面对着这样的作品，观者的思想绝不会仅限于宗教的故事，画面中的每一个细节，都会令人浮想联翩。

这样来表达宗教故事，当然是一种超越。

丹娜伊（局部）
约 1554 年，布面油彩
120cm×187cm
艾尔米塔什博物馆收藏

餐桌上的对比

❀ 委拉斯贵支把带有泥土芳香气息的作品带进马德里宫廷，
达到了既为王公贵族服务，又拥有作画自由的目的。

餐桌上的食物非常简单，一个面包，两个石榴，一盘腌茄子（或者是其他什么酱菜）。而围坐在餐桌周围的一家子却吃得不亦乐乎。两个孩子满脸是笑，像是面对着丰盛的宴席，眉飞色舞，快乐得不知所措。孩子的欢笑也许感染了父亲，他从餐桌上抬起头来，看着儿子的笑颜，皱纹密布的脸上也露出了满意的微笑。而站在餐桌后面的那位妇人，应该是两个孩子的母亲，她低着头，手中拿着一瓶饮料，目光落在餐桌上。因为她低着头，我们在画面上只能看见她的帽子，看不见她的脸，所以也无法知道她的表情。

画家委拉斯贵支的《早餐》，描绘的是西班牙贫民的日常生活。虽然已过去了近三百年，但当年的生活气息却扑面而来。这样的早餐，是贫民日常生活中最普通的场景，画家却抓住了一个有趣的瞬间，将它永远地定格在画布上。我说这个瞬间有趣，是因为其中有很巧妙的对比，餐桌上食物的寒酸和用餐人的快乐，是一种对比。这样的场面，使我想起中国人的两句谚语，一句是"苦中作乐"，另一句是"知足常乐"。用餐的这一家子，也许没有见过宫廷贵族奢侈的宴席，能在家里用这样的食物填饱肚子，很不错了，所以该开心。也许他们知道这样的早餐很寒酸，但这并不妨碍他们为开心的事情欢笑，也无法改变他们幽默乐天的性格。

我不太了解委拉斯贵支的生平，但相信这是一个对平民百姓满怀着爱意的画家，从画中人的表情中，我感觉到了这一点。🌀

早餐（局部）
1617 年，布面油彩
102cm×108.5cm
艾尔米塔什博物馆收藏

侍女和公主

❀ 鲁本斯是巴洛克艺术代表人物,《伊莎贝拉公主的侍女肖像》表现了鲁本斯高超的技法,半透明的皮肤,梦幻般的表情,这是一幅杰出的心理肖像。

在鲁本斯的绘画中,这幅《伊莎贝拉公主的侍女肖像》并不是最出名的,但我觉得这是一幅耐人寻味的作品。

说是侍女,却并不是粗俗低微的下人,在画框里,我们看到的是一位有着优雅风姿的美貌姑娘。我不熟悉 17 世纪佛兰德尔女子的服饰,画中这位侍女的穿着打扮,似乎不像是一个侍女,她的繁复精美的衣领,胸前露出的金项链,都不符合侍女的身份。仔细看这幅画,我的疑问便愈加深切。我感到画中人的神态中流露出的是一种高贵,丝

伊莎贝拉公主的侍女肖像 ▸ p043
约 1625 年,木板油画
64cm×48cm
艾尔米塔什博物馆收藏

毫没有仆人的唯唯诺诺。她的目光带着几丝羞涩，脸上的表情也很微妙，似乎有所期盼，又似乎欲言又止，只是以莞尔一笑掩饰着内心的秘密。我想，如果让她穿上王公贵族的服装，她的风姿不会比任何一个贵族小姐逊色。这使我联想起一些小说的情节，画中的这位侍女，不是名门闺秀落难，就是贵族小姐隐瞒了身份去当侍女，目的常常是为了爱情。

在 17 世纪的画家中，鲁本斯是出类拔萃的一位，他的写实功夫，在当时可以说是少有人能出其右。以他的名声，请他画肖像是要出大价钱的，当时一定有不少王公贵族请他画像，而他未必都能答应。创作这幅肖像时，鲁本斯已经人过中年，快五十岁了，他怎么可能会为一位侍女画肖像，实在不可思议。我的手边有一本关于艾尔米塔什的画册，里面有鲁本斯的这幅画，标明的题目是《侍女肖像》。最近，又得到一本介绍艾尔米塔什博物馆的画册，里面也有鲁本斯的这幅画，但却标着另一个题目《伊莎贝拉公主》。

我想，我的疑问，现在有了答案，鲁本斯画中这位美丽的姑娘，大概不是什么侍女，而是一位名叫伊莎贝拉的公主。❀

沉重的定格

🌸 路易·勒南属于农民画派，他画笔下的农民是如此的高尚！

　　走过这幅画时，不由得使人停住脚步。画面上有四个人物，两老两少，还有一头毛驴。他们雕像一般站在旷野里，头上是浓云翻滚的天空，身边是秋后荒凉的田野。脚下有路，可他们却停住了脚步，驻足在前不着村后不着店的野地里。画题是《卖牛乳的一家》。很显然，这是被穷困的生活所扰的一家人。看样子，他们已经卖掉了罐子里的牛乳，但这似乎并没有为这一家人带来多少快乐。四个人的脸上，全都是阴云笼罩。他们大概刚刚议论过什么事情，议论的结果，使他们忧愁惶惑，甚至失去了归家的心情。这一家的主心骨似乎是站在中间的那位老妇（也许不是老妇，只是因生活的艰辛使她早衰），她背着空的牛奶罐，双眉紧蹙，显得忧心忡忡。而她身后的男人，目光下垂，满脸的无奈。他似乎不敢正视他们所面临的困境。更令人心颤的是那两个孩子。大的孩子显然已分担了家庭的劳作，赶驴大概是他的工作，此时，他回过头来，显得无所适从，只是目光呆滞地愣在那里。最小的是一个女孩，她站在大人们的身后，凝视着她面前的那头毛驴——对孩子来说，这绝不是什么风景。这女孩在想什么？很显然，此时她的脑海中不会有美妙的遐想，她也感受到了生活的艰辛和家庭的困境，童稚的表情中已有了成人的肃穆和忧虑。再看那头毛驴，在画面中，它处于中心的位置，占的面积也最大。画家笔下的毛驴也是有表情的，它和它的主人们一样，陷入了忧郁的沉思。它默默地等待着主人的驱使，黑色的眼睛里流露出来的是温顺和凄凉。毛驴的表情，和画面上四个人物的表情是一致的。

从画面看，这一家人在路上停住脚步，陷入愁苦的沉思，似乎是因为前路已断，再无法往前走。其实路还在他们脚下，还在他们的前方伸展。他们遭遇的困境，一定比道路中断更为严重。也许画家曾经听说过一个关于牧民家庭的不幸故事，于是创作这样一幅作品表现这一家人的困顿和悲哀无措。我无法知晓这故事的具体细节，不过我能想象，这一家人，面临着怎样严重的危机。画家用极为凝重的色调烘托出凄凉和无奈的气氛，灰暗的天空，涌动的云层，起伏的原野，都让人感觉到危机四伏。

这是艰难的生活之路上一次无奈的驻足，是一个沉重的定格。画面无声，画面上的生命也都静止不动，但我的目光和思绪却在其中游动，在其中探索。我想象如果有万能的神突然出现在这几个无望的可怜人面前，他们会开口说什么，会提一些什么样的要求？我又想象如果命运的裂口继续在他们的前方扩大，他们又会怎样动作？我也想象，他们步履维艰地回到家中，在昏暗的烛光中，将如何谈论他们面临的困境？这些想象，当然都不会有结果，这是我

卖牛乳的一家
1645 年，布面油彩
150cm×127cm
艾尔米塔什博物馆收藏

的胡思乱想。看这样的画，如果全神贯注地投入，你会成
为画面情景的延伸，会情不自禁地为画中人的命运担忧。
这是画家的成功。

　　创作此画的是法国画家路易·勒南，创作的年代是 17
世纪中期。当时的画家，创作的人物题材大多为宗教故事
和宫廷贵族的生活，能这样关注穷苦百姓的生活，关注社
会底层的小人物，并且以饱蘸情感的色彩描绘他们，展示
他们的愁苦，难能可贵。

天地晨昏

自克洛德·洛兰开始，法国才有了真正的风景画。他喜欢画早晨或黄昏的景色，尤其善于画逆光，在逆光里人物与建筑呈现出庄重的轮廓。

清晨，曙色熹微，夜雾还在地面上飘漾。旭日的光芒慢慢在天地间辐射开来，群山、古堡、树林，都被早霞勾画出晶莹的轮廓。乡间小道上，牧羊人赶着羊群迎曙光走来。不相识的行人在路上邂逅，一声问候，驱散了迷雾……

黄昏，夕阳西沉，玫瑰色的晚霞布满天空。牧人赶着羊群慢慢地归来，渔夫在暮色中撒下最后一网，宁静的河面上，顿时漾起一片金红色的涟漪。夕照中的世界是如此柔和安谧，在空中翩跹的天使降落在人间，与俗人共享这美妙的天籁……

法国画家克洛德·洛兰的两幅油画《港之晨》和《傍晚》，为我展示了上述场面。在 17 世纪，画家们描绘风景，遵循的是自然主义的原则，他们都尽自己所能，将看到自然风光画得美轮美奂。在法国的风景画家中，洛朗是杰出的一位，他一生都在孜孜不倦地观察研究大自然，尤其是对晨昏时刻阳光的变幻，对自然万物在日光中的变化，他有与众不同的视野。他的作品，画面宏大，常以起伏的群山、辽阔的原野和巍峨的宫殿古堡作为远景，而将千姿百态的树木作为近景。当倾泻的阳光抚摸这些景物时，呈现在他眼前的是缤纷神秘的景象。他喜欢让画中的树木处在逆光的状态中，太阳的光芒把小树的枝叶照得透明如玉，而巨大的树冠则浓重如墨，阳光为树冠镀上了曲折的金边，也有光芒透过枝叶的隙缝射出，在幽暗中游动的光线飘忽如梦。他的风景画，讲究构图的均衡，层次丰富而清晰，既注重气势恢宏的总体结构，也不忽略任何微小的细节。他描绘的大自然是宁静的，早晨和黄昏，是他最喜欢的时光，朝霞和夕阳在他的画中千变万化。在世界各地的博物馆中，都有他描绘晨光和暮色的油画，譬如巴黎卢浮宫里的《海港日出》以及伦敦国立美术馆中的两幅海景画。他的作品，给人雄奇、辉煌而崇高的感受。他的画，犹如意境幽远开阔的抒情诗，诗人使用的是华丽细腻的词句，诗句中蕴藏着深沉的激情，在恢弘的情调中，也蕴涵着伤感。站在这些画前，让人情不自禁地惊叹大自然的博大和美妙，也深感天地间人类的渺小。❀

港之晨　　　　　　　　　▸ p○50
1630 年代末期—1640 年代初期，布面油彩
74cm×97cm
艾尔米塔什博物馆收藏

关于大卫的沉思

雅各布·范·奥斯特是典型的早期巴洛克艺术画家，具有反宗教改革的精神，尤擅于历史画及肖像画。

　　因为有了米开朗基罗的雕塑，大卫在人们的心目中已经形成了固定的形象。不过，传说中那个打败了巨人歌利亚的英雄大卫，还是一个孩子，米开朗基罗创造的大卫却已是一个长大成人的青年。米开朗基罗塑造的大卫，是在向歌利亚投掷石弹的那一刹那，大卫的目光中凝集着坚毅、智慧和勇敢。也许，米开朗基罗认为让一个孩子战胜巨人，太夸张，所以让他的大卫长大了几岁。雅各布·范·奥斯特的《手持歌利亚头的大卫》也许更接近传说中那个勇敢的孩子。画中的大卫有孩子的脸庞，少年的神态，含笑的回眸中还带着胜利的喜悦。手中那把剑当然是歌利亚的，他用这把剑砍下了歌利亚的头，然后扛着缴获的剑，提着

手持歌利亚头的大卫
布面油彩
102cm×81cm
艾尔米塔什博物馆收藏

p○53

敌人的头，凯旋而归。

　　看这幅画，更引人注目的也许是提在大卫手中的那个巨大的头颅。这个头颅，曾经凶神恶煞，此刻已经无声无息，成了一个孩子的战利品。歌利亚额头上那个致命的疤痕，是被大卫的弹弓所击，正是这准确而有力的一击，使不可一世的巨人轰然倒地，成为一具尸体。相同题材的油画，我还曾见过几幅，画面上都有歌利亚巨大的头颅。一个孩子，用弓弩射杀凶恶强大的敌人，这是勇敢和机智，是英雄所为，然而接下来用剑砍下敌人的头颅，并血淋淋地提在手中炫耀，就有些匪夷所思了。如果照画家的构思去想象，尚未成年的大卫挥剑向一具尸首砍去时，脸上又会是怎样一种表情？那鲜血四溅的景象又是何等可怕？提着头颅的大卫应该是满身鲜血……

　　关于战争的方式，古人和现代人的看法和做法当然大不一样，不过，有些事情大概还是古今一致的，譬如对于残忍的杀戮，对于鲜血淋漓的恐怖场面，这永远和人类的憧憬和理想无关。不错，大卫是传说中的英雄，歌利亚也是该死的恶徒，但艺术家如何来表现大卫，却是耐人寻味的。为什么只有米开朗基罗创造的大卫被举世公认，而那些扛剑提头的大卫却没有被人们记住？值得深思。🌀

浪子回头

《浪子回头》是伦勃朗去世前的名作。晚年的伦勃朗，处于变相破产的状态，1660 年，他迁居阿姆斯特丹犹太人区域附近。同年，他充任妻子与儿子开设的一家美术公司的雇员，因为这样才能免于受到债主们逼债。

在艾尔米塔什博物馆二楼，无意中走进一个普通的展厅。踏进这个宽大的厅堂，我无法形容自己的震惊。整个展厅里，全部都是伦勃朗的油画。那些以前只能在画册中见到的名画，平易近人地挂在墙上，油画中那些栩栩如生的人物，以各种各样的表情默默地凝视你，观察你。圣母、农妇、学者、诗人、天使和恶魔，画中人物的身份反差是如此强烈，但你会觉得他们的表情恰如其分。从他们的凝视和观察中，你能感受到四百多年前的生活气息，感受到过去时代各色人物复杂的感情。伦勃朗描绘的对象大多是人物，环境大多在室内，画中人在幽暗中睁大了眼睛，摇曳的烛火在他们的瞳孔里闪动，内心的静谧和波动，都在这些被烛火辉映的眼睛里流淌。置身在伦勃朗的世界里，仿佛突然被一群陌生的古人包围。马克思曾经这样评论伦勃朗，说他"把圣母画成尼德兰农妇的样子"。这是一种很有意思的评价，其实，欧洲成功的画家在表现宗教题材时，无不展示着他们所观察到的现实，达·芬奇、米开郎基罗、

拉斐尔、鲁本斯，他们哪个不是这样呢？

在展厅的一个显眼处，我看到了一幅很熟悉的作品，画面上一个衣衫褴褛的流浪汉，跪倒在一个红衣神父的脚下，神父表情中充满了怜悯，他俯下身子，抚摸着流浪汉的肩膀。而画面上的另外三个人，则默默地注视着流浪汉，脸上含着淡淡的微笑。这就是伦勃朗的名画《浪子回头》。伦勃朗完成此画的时间是1668年，也就是他辞世的前一年。这是他晚年最重要的作品，也是他影响最大的作品之一，我曾经在很多印刷品中看到过这幅画。此刻，在我完全没有思想准备的时候，这幅画突然出现在眼前，而且距离如此之近，伸手便可触及。那种感觉，好像是一件久觅不得的宝物，平时只闻其名而不见其形，而它的出现却是在无意之间。在近处细看这幅名画，我的心灵还是受到了震动。画中的四个人物，伦勃朗画得最用心的是那个跪倒在神父脚下的浪子，我们看不见他的脸，看不到他脸上的表情，但是从他佝偻的背影，从他衣冠不整的装束，可以想见他经历过的磨难。他的脚上，只剩下一只鞋子，他光着一只脚瘸瘸拐拐地走进教堂时，样子一定很狼狈。这浪子，应该是一个叛逆者，他最初的出走，大概属于冒天下之大不韪。他为叛逆付出的代价是颠沛流离，饱尝人世的各种苦痛。一个没有信仰的人，遭到社会的排斥和唾弃。所以他

◀ p○56　　浪子回头（局部）
　　　　　约1668年，布面油彩
　　　　　262cm×205cm
　　　　　艾尔米塔什博物馆收藏

回头了，重新跪倒在神父的脚下。浪子回头，是一种精神的回归，还是一种探求的失败？这样的题材，有明显的劝教成分，但不同的观者自会引起不同的联想。画面正中，有一个隐匿在阴影中的老妇，虽然在幽暗中，但可以看到她脸上由衷的笑容，这笑容表达的并不是居高临下的宽恕，而是一种发自内心的喜悦。我的感觉，在这幅画中，这个从幽暗中发出的微笑才是最明亮的一笔。这真诚的一笑，化解了画面中原本沉重沉郁的宗教气息。

艾尔米塔什博物馆是世界上收藏伦勃朗作品最多的博物馆。在这里，还有伦勃朗的另一幅名画《丹娜伊》，在伦勃朗的笔下，这位传说中的圣女被画成了一个极其普通的世俗女子，这样的形象，正是画家心目中的美女。俄罗斯的画家们尊敬伦勃朗，他们的创作风格也多少受到伦勃朗影响。在克拉姆斯柯依、列宾、苏里科夫、赛罗夫、斯塔索夫和罗文斯基等人的作品中，也都能依稀看到这种影响。

丹娜伊
1636 年，布面油彩
185cm×202.5cm
艾尔米塔什博物馆收藏

男孩和狗

牟里罗属于西班牙塞维利亚画派，有强烈的现实主义创作风格。牟里罗所绘的题材，很多是下层平民。

看牟里罗的《男孩与狗》，有赏心悦目之感。

这是一个穷人家的孩子，他的衣衫破旧，手中提的篮子里，装的是一个空罐子。然而那男孩的脸上，却洋溢着发自内心的喜悦。这是沉浸在欢乐中的表情，看着他的笑容你也会忍俊不禁。这样的表情，是人类最自然、最明朗，也是最纯真的表情。男孩面对的是一条小狗，他正在笑着和狗说话。小狗仰起脑袋看着男孩，人和狗之间的交流无忧无虑，没有任何心里的障碍。男孩在说些什么，我们无法想象，也许只是一声调侃，一句俏皮话，这样的话语在人群中不一定会引起回应，但男孩说话的对象是一条狗，

男孩与狗　　　▶ p061
1670 年，布面油彩
60cm×70cm
艾尔米塔什博物馆收藏

效果便可能完全不一样。小狗在画面中只占了小小的一角，不仔细看甚至会忽略了它，但它毫无疑问也是画中的主角。

从画面表现的内容来看，那贫穷的男孩似乎没有快乐的理由，他一贫如洗，一无所有，也许晚餐吃什么还是问题。但有时候快乐并不需要理由，它只是漫长阴暗中短促的电闪火花，只要心里还有对幸福的憧憬，还有对生活的留恋，这样的电闪火花便会迸发。穷人自有穷人的快乐，这样的快乐富豪们未必理解。那个时代的画家，曾画过很多贵族孩子的肖像，在这些肖像中，我没有看见过如此发自内心的自然的欢笑。

这幅画的调子是晦暗的，但是因为那男孩欢乐开朗的表情，它留给观者的印象却极其明亮。我想，这亮色，应该是对生活的热爱。

西班牙的画家，以前知之甚少，只知道戈雅。其实，在上两个世纪，在西班牙诞生了很多优秀的画家。牟里罗便是其中出色的一位。✿

一个时代的表情

团体肖像画是 16 世纪尼德兰肖像画发展中的新体裁，最早出现于尼德兰北部荷兰诸省。它的产生和发展，是荷兰市民的民主意识的一种表现。

　　面对着尼德兰画家迪里克·布兹的《阿姆斯特丹射手行会群像》，有一种异样的感觉。画面上十七个射手，戴着相同的帽子，穿着相同的服装，一个个表情肃穆，用咄咄逼人的目光凝视着你，使你在一瞬间感到不知所措。如果面对的只是他们中间的一个，你也许觉得寻常，而面对这样沉默的一群，便会感到一种压力。站在他们面前，你情不自禁地会想："他们在想什么？他们要问什么？他们会干什么？"

　　射手行会，大概类似现在的某些体育俱乐部，如会员制的高尔夫球俱乐部，行会的成员，想必也是贵族和富人。穿上行会的制服，骑着马到野外射箭狩猎，在当时也许是一种时髦。那时还没有发明照相机，行会成员也不会这样排列成行拍集体照，那么多人排着队站在那里让画家写生也不可能，这样的画面，想来也是画家的虚构。他把许多不同的射手，集中在了同一幅画中。然而这一群画中人却毫无疑问是画家一个一个写生下来的。粗粗一瞥，十七个射手大同小异，面孔和神态都差不多，仔细看看，会发现他们其实并不一样，眉眼间，嘴角上，流露的神情还是有所区别。逐一观察他们的脸，我想起很多与他们的表情对应的词汇，如：矜持，冷峻，讥诮，得意，惊愕、恼怒、愤懑、警惕、不屑，木然，沉思，鄙视，愁苦……还可以由此想出很多有关表情的形容词和动词，这并不是牵强附会，不信，你可以对照着看一看，想一想。画面中间那个射手的服装和旁人有所不同，他的皮铠甲在闪光，这个人物，也许是射手行会的首脑，一个颇有地位的角色。

　　我想，面对着画上的这一群射手，其实是面对着一个时代复杂的表情。

阿姆斯特丹射手行会群像
艾尔米塔什博物馆收藏

昔日威尼斯

这是卡纳莱托前期的作品，是为热尔日伯爵雅克 - 文森特·郎格特大使创作的，展现了典礼仪式的高潮部分。

如果去威尼斯，还能看到那个码头，还能看到那座桥，还能看到临海的那些造型繁复的石头建筑。在码头边上，也许会停泊着更多的船只，在那片宽阔的广场上，也许会有更多的人群在那里涌动。然而此刻我在画框里看到的景象，却是 18 世纪威尼斯的一次外交盛事。法国公使乘船来到了威尼斯，当地的主教、王公贵族、有名的绅士淑女，在港口的广场上列队欢迎，虽然只能远远地看到一大片人头涌动，但可以想见，那些达官贵人们是怎样应酬和寒暄着，讲着不着边际的客套话，那些华丽的袍服和长裙是怎样互相摩擦着发出窸窣之声。在面向海湾的那幢大楼里，也聚集着无数宾客，他们站在二楼的阳台上，兴致勃勃观望着广场上的人群。在盛装的人群中无法找到那位法国公使，但可以看到法国公使停泊在港湾里的巨大的船队。而站在路边桥头上看热闹的，是当地的平头百姓，那些服饰的灰暗驳杂，和广场中央一大片鲜艳华贵的颜色形成鲜明对照。百姓们的姿态，也是轻松随便的，有的倚栏而立，

在威尼斯招待法国公使
1726—1727 年，布面油彩
181cm×259.5cm
艾尔米塔什博物馆收藏

有的席地而坐，他们不在乎自己的形象是否会有失风度，因为他们只是这个盛大仪式的看客，没有必要毕恭毕敬。

意大利画家卡纳莱托的油画《在威尼斯招待法国公使》，可以说是一幅工程浩大的巨作，盛大的场面，众多的人物，由近而远，描绘得详尽而生动。无法统计画面上有多少人，如果仔细观察，你会发现，从服饰到姿态，画中的每个人都不一样。确定这样一个题材作为描绘的对象，对于画家来说要有一点勇气，这绝非一朝一夕或者三天两日所能完成，而构思这样场面繁杂的一幅画，也绝非庸常之辈所能胜任。卡纳莱托画这幅画时，那个盛大的仪式早已经结束，当时没有照相机，没有人能完整地记录下那个场面，画家描绘这样的盛况，更多的还要靠想象。卡纳莱托也许曾亲临现场，也许只是根据事后的听闻来创作。不过，对一个优秀细致的画家来说，不管是否亲历现场，他都能再现那场面，因为，画中的场景和人物，都是他所熟悉的。

两百多年之后，在冬宫，面对着卡纳莱托的这幅画，时光又倒流回18世纪，威尼斯码头上曾经出现过的外交盛景，又重现在我的眼前。

在艾尔米塔什，还有几幅描绘18世纪威尼斯风光的油画，譬如米凯莱·马里斯凯的《威尼斯利亚里托桥》，将威尼斯的河流、桥、河畔的建筑，以及威尼斯人与水息息相关的生活展现得非常细腻。在马里斯凯这幅画中，我们可以更清晰地看到威尼斯人当年生活和劳动的景象，在河里驾船的船夫，在码头上搬运货物的工人，街道上的行人，桥上的流浪汉……如果说，卡纳尔画的是威尼斯当年的政治生活，那么，马里斯凯画的则是威尼斯的日常风俗。欣赏这样两幅画，对于那个在时光和距离上都非常遥远的威尼斯，便有了一个很直观的印象。

静物和画家性格

夏尔丹是法国 18 世纪市民艺术的杰出代表，他的画能赋予静物以生命，他一生都忠实于民俗题材的创作，即日常生活中的人物和事物。

在艾尔米塔什的静物画中，夏尔丹的《与艺术有关的静物》引人注目。夏尔丹是 18 世纪的法国大画家，年轻时代他便以精美的静物画蜚声画坛，二十九岁时，因为出色的静物画他被选为法兰西美术学院院士。而艾尔米塔什博物馆中的这幅静物画，创作于 1766 年，这时夏尔丹已经六十七岁，他的绘画技巧早已到了炉火纯青的境地。

绘画中静物的排列，常常是无序的，甚至没有什么意义，或是无意的组合，或是随心所欲的摆放，只是为了构成画面的需要。而夏尔丹的这幅静物画，却有明确的主题，画中的静物，都和艺术有关，和艺术家的职业有关，也和画家的兴趣和性格有关。雕像、调色板、书、量器、画夹、纸和笔、钱币、铜壶，这一大堆东西，错落有致地摆在桌子上，虽然物品众多，却不杂乱，使人感到画面的丰富和完整。如果没有中间那尊白色的雕塑，画面一定会显得单调沉闷，那尊雕塑是一个牧童，有着清新健美的姿态和生气勃勃的表情，他是这一桌子绘画用具的统帅，有了他，其他物件便也有了生命，它们都听从他的指挥，列队等在

与艺术有关的静物（局部）
1728 年，布面油彩
64cm×92cm
艾尔米塔什博物馆收藏

这里，听候主人的差遣。

　　这张桌子，也许就是夏尔丹画室的一角。从这些静物中，我们可以想见当时画家的生活和他们创作的情景。桌上的器物虽是堆砌却不感觉杂乱，可以由此联想到画家处事井井有条、不慌不忙的性格。

　　我想，夏尔丹因为静物而入选美术学院院士，当然不会是偶然的。

华丽之梦

🌸 布歇是洛可可艺术的典型代表人物，最能够代表他风格的是那些为装饰宫廷和贵族府邸而创作的神话题材的故事画，这些作品色彩华美柔丽，表现了他的想像力和装饰才能，但却充溢着宫廷脂粉气息。

　　布歇并不是我最欣赏的画家，他的作品常以粉红色为基调，画面和人物的造型也常常给人矫揉造作的感觉。他的作品中有太多的天使和仙女，虚幻的神话淹没了真实的人生。他不仅在画布上绘画，也在皇宫和贵族官邸的天花板上作画，在用作各种装饰的板壁上作画，还为彩色的地毯设计图案。晚年，他索性就当上了皇家彩织工场的场长。他的绘画，大多是为了生计，其中到底有多少是激情和理想的产物，说不清楚。其实，古代的画家很多也是为了谋生而绘画，但这并不影响他们用色彩抒发真情，倾诉理想，表达他们对世界的见解，譬如拉菲尔和米开朗基罗。

　　不过布歇依然不失为一位大画家，他是法国洛可可绘画的最杰出的代表者。画面的华丽灿烂，人物的柔美娇艳，在布歇的画中可谓登峰造极。作为一种绘画流派的代表，现代人还是可以看看他的作品。由艾尔米塔什收藏的《牧羊曲》，在布歇的作品中不是最出名的，但很能代表他的风格。这幅画，画面的色调是粉红色的，牧童和牧羊女都穿着华丽，在放羊的同时谈情说爱，身边有鲜美的浆果，手中有精美的杯盏盛酒，周围是仙境般的风景，天上的云霞也璀璨如锦绣。这样的画，大概能迎合很多人的审美需要。画中的人物和景象使人愉悦，生活中不可能发生的事，在他的画中都能实现，梦想成真，这是大多数人的愿望。

　　且让我们面对着布歇的画做一次梦吧。

▲ p072　　牧羊曲
　　　　　艾尔米塔什博物馆收藏

▶ p075　　维纳斯的梳妆室（局部）
　　　　　1751 年，布面油彩
　　　　　108cm×85cm
　　　　　艾尔米塔什博物馆收藏

遐想

🌸 1748 年布歇与路易十五世的情人蓬巴杜夫人开始了
密切交往，蓬巴杜夫人成为他最有力的资助者。

"妈妈，它们是什么？"

"是鸽子。"

"什么叫鸽子？"

"是一种小鸟。"

"它们为什么会飞呢？"

"因为……因为它们有翅膀。"

"等我长大了，也会生出翅膀来吗？"

"傻孩子，你想到哪里去了！"

"妈妈，我羡慕它们，我也想飞，飞到大树上去，飞到
蓝天上去，飞到白云里去。妈妈，你说我将来能飞吗？"

"妈妈不知道，你问小鸽子吧。"

"好，我问它们。小鸽子，请你告诉我，等我长大了，
能像你们一样飞吗？"

两只雪白的小鸽子沉默着，只是用红色的眼睛盯着用
绳子牵住它们的这个孩子，这个小天使一般可爱的孩子，
他的眼睛像透明的蓝水晶，莹澈而又纯洁。然而小白

鸽只是沉默，只是用红色的眼睛瞪着这个向它们发问的孩子……

"妈妈，小白鸽不理我，它们好像在生气。它们在生我的气吗？"

"鸟儿怎么会生人的气呢！快别胡思乱想了，我亲爱的孩子。"

"不，妈妈，小白鸽真的在生气，一定在生气！"

两只鸽子奋力扇动着翅膀，想要飞起来，然而它们无法挣脱那根又细又柔软的绳子。于是它们绝望地相视了片刻，又转过头凝视着孩子，目光里流露出深深的哀怨……

这时，孩子的心听见了两只鸽子的对话：

"我们还能不能飞到天上去？能不能到自由自在的鸽群里去？"

"我想能。假如这孩子知道我们的心理，他会放了我们。"

"我真羡慕这孩子。看着他刚才和他的母亲一起在水里洗澡，看着他们一边笑一边飞溅起水花，我就想起了我们的母亲，想起我们跟母亲在天上唱着歌飞翔的快乐情景。我想念母亲……"

"我和你一样，我也想念母亲。"

"你说，人们为什么要束缚我们，还要把我们关进笼子，难道这对他们是一种快乐？"

"我不知道。"

"你看那孩子脚边的筒里装的是什么？"

"是箭。被它们射中了就会流血，就会从天上摔到地

下，就会死去。"

"人为什么要这些箭呢？他们用箭射自己吗？"

"我不知道。"

孩子在心里听见了小白鸽的对话，他的表情变得严肃起来，这表情和他那天真可爱的脸显得不相称。他用白嫩的小手小心翼翼解开了缚在鸽子脚上的绳子，然后挥了挥手，轻声轻气地说："飞吧，飞到你们的天空里去，去找妈妈吧！"

两只小白鸽对孩子的举动似乎并不感到意外。它们展开翅膀，美美地拍了两拍，嘴里发出"咕咕"的欢叫。可它们却不急着飞走，反而三蹦两跳靠近了孩子，那只小一点的跳上了孩子的膝头，稍大些的那只白鸽停在离孩子极近的花丛里，一边扇动翅膀，一边唱歌……

孩子笑了。

一直躺在那里默默地注视着孩子和鸽子的母亲，没有以任何微小的动作阻止孩子和鸽子的交流。一个温柔而又欣然的微笑，凝在她的美丽的脸上……

这时，黄昏的最后一缕霞光透过树丛射进来，照亮了母亲那玉一般、大理石一般圣洁美妙的裸体，照亮了孩子那一头灿然的金发和嫩得透明的肌肤，也照亮了白鸽，照亮了它们那红色的没有一丝惊恐的眼睛……

凡人和天仙

庚斯勃罗在肖像画中，探求人物的不拘形式的姿势，这标志着一种新风俗画——英国式洛可可肖像画的形成。

英国的文学与艺术有着悠久的历史传统，不仅出现了莎士比亚、弥尔顿、拜伦、雪莱和济慈等文学大师，还先后涌现了荷加斯、雷诺兹、庚斯勃罗、透纳、康斯泰勃尔等闻名世界的绘画大师。英国的绘画由荷加斯开始奠定了自己的民族风格，到18世纪，又出现了几位影响卓著的肖像画家，如庚斯勃罗、雷诺兹、乔治·罗姆尼。其中，尤以庚斯勃罗成就最大，他的才华，在当时就得到公认。

庚斯勃罗的《蓝衣少年》和《蓝衣夫人》，是两幅以蓝色为基调的油画，非常著名，常常能在各种画册中见到。在当时，人物肖像画中出现这样的蓝色基调，极为新颖。庚斯勃罗为什么会画这几幅画，说起来还有一个非常有趣的典故。

庚斯勃罗出生在一个羊毛商人家庭，母亲是爱好花卉的静物画家，也是庚斯勃罗在艺术上的启蒙老师。庚斯勃罗十五岁时去伦敦学习肖像画。他喜欢音乐，音乐的美妙节奏，很自然地出现在他的肖像画作中。他的肖像画色彩富有节奏感，色调具有音乐的韵律。1759年，他移居到英国西南部的城市巴斯，在那里专门创作上流人物肖像，成了一名肖像画大师。庚斯勃罗的绘画风格，得益于鲁本斯的华丽色彩和凡·代克那种洒脱精美的构图。在他的笔下，大多是衣着华美、面容红润、皮肤光滑细腻、姿态有点装模作样的贵族绅士和淑女。他对绘画的对象很宽厚，张扬他们的优点，隐藏他们的缺点，美化着站在他画架前的那些有钱的男女。他用自己的生花之笔，用诗和音乐一般的色彩和韵律，把画中的人物描绘得如同天仙下凡。画上流人物肖像，是时尚，也是生活所需。庚斯勃罗不像一般以作画糊口的画家，只是用色彩在画布上重复、机械地记录人物的外形。他每画一幅新作，都要努力表现出人物的内心情感，在画法上，也力求推陈出新。说是画肖像，画家描绘出来的其实是他理想中的形象，把凡人画成天仙，也是一种画法。很多大画家把天仙画成凡人，而庚斯勃罗则把凡人画成天仙，前者是将理想现实化，而后者却是躲避现实超越现实，以理想替代现实。两种创作方法孰优孰劣，很难定论，大概在不同的画家笔下会出现不同的情景。前者可能是写实的现实主义大师，也可能是照相式的自然主义画匠；后者可能是惊人的想象力和浪漫智慧的结晶。而

蓝衣女子（局部）　　▶ p079
约 1780 年，布面油画
76cm×64cm
艾尔米塔什博物馆收藏

庚斯勃罗，应该属于后者。他的肖像画展示了人心中对美的向往，展示了艺术家的一种浪漫情怀。当然，很难说庚斯勃罗的绘画中没有媚俗的成分。请他画肖像的那些达官贵人，谁无求俊爱美之心，谁会让画家扩大自己的缺点而忽略自己的优点？庚斯勃罗作画时，当然充分考虑到这一点。他画的那些面目俊美的人物，在现实生活中的长相可能都平平常常，有的甚至属于丑陋之辈，庚斯勃罗美化了他们，但我相信这些肖像和被画的对象一定能对应起来，他的手法其实很简单：扩大优点，忽略或者掩饰缺点。人的美丑实在是一件有点神秘的事情，有时只需将五官稍作调整，美女会变得面目狰狞，丑八怪也会变成美男子。现在我们常常看到的漫画人物肖像，其实也是一个道理。

庚斯勃罗说："画肖像是为了钱，画风景画才是我的爱好。"可惜，在艾尔米塔什博物馆，我没有看到他的风景画。在艾尔米塔什博物馆，我看到了庚斯勃罗的《蓝衣夫人》，在琳琅满目的展厅中，这是引人注目的一幅画，画布上的那位文雅优美的女性以一种若有所思的目光注视着参观者。也许很多人会注意画中人的装束，她的蓝色衣帽，精心梳理的高耸的发型，但人们难以忘记的却是她的目光，那是一泓静水，却绝不是止水，目光的深处涌动着微澜。在画中美人高贵优雅的外形中，潜藏着几分哀怨，尽管这哀怨淡淡的几乎难以察觉，但却能撩动人心。

庚斯勃罗画的蓝衣夫人究竟是谁，两百多年来一直无法确定。不过我相信，这位美貌的夫人生活得并不幸福。

诗意的脱逃

于贝尔·罗贝尔是 18 世纪法国建筑风景画的大师，他的古罗马遗迹和城市风景画尤为著名，笔下的巴黎由此也变得栩栩如生。

法国画家于贝尔·罗贝尔的《逃脱》，是一幅可以让人遐想联翩的画。

如果画面上没有两个人物，这是一幅纯粹的乡村风景画，画中的小桥流水，花树村宅以及天空的云絮，给人的印象是优美和宁静。然而画中这一男一女，却提供了可供想象的情节。画家画这样的一幅画，其依据也许是某一篇小说的故事，也许是乡间的传说，也许是作者自己的虚构的故事。总之，这是一幅有情节有故事的作品。

《逃脱》这样一个题目，似乎和一个恐怖或者惊险的故事有关。是小鸟挣脱笼子？是囚徒逃出牢狱？是善良的弱女子逃出恶徒的魔掌？看画中的人物，却又不像。因为画中的人物很小，看不清他们脸上的表情，究竟是轻松的戏谑和玩笑，还是惊恐和紧张。那奔跑的女子是摆脱了可怕的梦魇，还是想以调皮的一逃博得爱人的欢愉，挑逗起对方更高的情绪？而那个从桥上扑下来的男子，是迫不及待

的求爱者，还是心怀恶意的迫害者？这是没有答案的问题，你可以根据自己的观点和心情自由猜度，任何设想都是可能的，就像一篇刚开了头的小说，完全可以根据自己的想象写下去。

不过这幅画的景色中，似乎也有一点不安的暗示，譬如从黑暗的桥洞下奔涌出来的流水，譬如那座越过湍急溪流的摇摇欲坠的小木桥，还有天边那一片压得很低的乌云。当然，这只是我的想象，也许画家根本没有想过要提供这样的暗示。

欣赏这样的画，就像听一首曲折的交响诗，在优美的旋律中，你尽可以展开想象的羽翼自由飞舞。

◀ p082　　逃脱
　　　　　艾尔米塔什博物馆收藏

▶ p085　　在帆船上（局部）
　　　　　1818—1820 年，布面油画
　　　　　71cm×56cm
　　　　　艾尔米塔什博物馆收藏

海上月光路

❀ 弗里德里希很少创作人物画，他常将人物置于风景之中，起着点醒画面主题的作用。《在帆船上》是他刚结婚后的作品。他在世时，作品很少受到很肯定，直到 20 世纪初，才被重新挖掘。

德国画家卡斯帕·弗里德里希画的《在帆船上》，描绘的是大自然美妙的景象。这样的画面，正好是我熟悉的。很多年前，有一次从上海到大连，在海上夜航，我曾看到过一次奇妙的月出。事后写了一篇散文，记录了当时的观感。

夜航。和三位年轻的朋友坐在船尾的甲板上看海，看天。

海是墨一般的颜色，没有风浪，只有船体掠起的波涛，翻动着雪白的浪花，拖出一条条断断续续的白练，从船的两侧向后延伸，一直消失在黑的远方。看不见海平线，海和天被茫茫夜色连成了一体。抬起头来，不禁惊喜地"哦"了一声——满天繁星，把辽阔深沉的天幕点缀得热闹非凡，那么密集的星星呦，密集得几乎看不到一块巴掌大的干净的天。星星们互相眨着眼睛，分明在议论着什么神秘的事

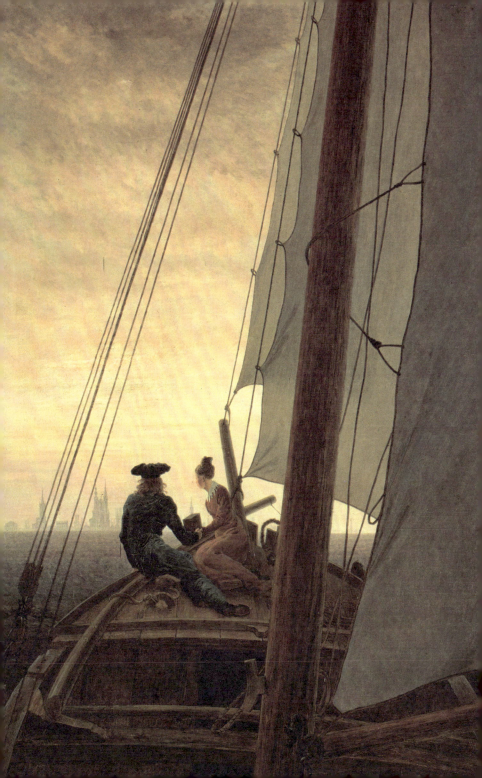

情。银河并不像河，倒像是一片弥漫在星星们之间的透明的烟雾，是星星们的絮语在无边无际的天穹中飘荡……于是，萦绕在耳畔的微微的涛声变得幽远而又朦胧，分不清是海的呻吟，还是天的呓语……

一颗流星闪电般划过夜空，陨落在海里。那转瞬即逝的光芒，仿佛是一声短促的预言，使我们的眼睛亮了一亮，心也猛地颤了一颤。然而不可能有什么奇迹可以预言的，每天有黑夜，每夜有流星……

"许愿吧，在流星的光芒消失之前喊出你的愿望，你就能如愿以偿！"朋友中的一位轻轻地说道。这原始古老的语汇，在此时此刻出现，竟显得自然而又神奇，谁也不觉得荒唐。于是，四双期待的眼睛，仰望着繁星闪烁的天空，各自把一个愿望郁积在喉咙口……

流星却再也没有出现。也许，它们也懂得，人间没有什么从天上掉下来的希望，所以躲得远远的。徒然无望的期待，迟早能唤醒四双陷入痴幻的眼睛……

我们的眼睛，居然同时在遥远的天边寻找到了目标。东方的天边，隐隐地亮起一片幽幽的白光，原先模糊不清的海平线现在能分辨出来了。白光似乎是从海里映射出来的，光芒虽然黯淡，却也照亮了和大海相接的狭长的一块天空。仰望中天，群星依然；环顾四周，海还是墨一般的颜色。这神奇的光，究竟来自何物呢？

我们面面相觑，谁也不知其所以然。

"会不会是远方岛国的灯光呢？"

"也许，有一艘大船……"

"也许……"

"……"

自己也无法相信这些幼稚的猜测。于是只能默然，默然凝望着天边的亮光，让许多新的猜测在心中一次次默默地涌起，又一次次默默地否定……

今夜的大自然，真正变得神秘莫测了！

亮光的区域在悄悄扩大，被照亮的夜空里，原来闪烁着的星星消失了，隐没在从黑黝黝的海里升起的亮光中。那里的海平线更加清晰了，海和天变得界线分明，在灰白的天幕下，墨色的海平线似乎在不安地起伏着，躁动着……

神秘、好奇、激动、恐惧……各种各样的情绪在心中回旋着，翻腾着，竟交织出一个强烈的愿望：不把这奇异的亮光弄个水落石出，我们绝不走开，哪怕在甲板上坐他整整一夜！我们几个仿佛从在星空下消磨时光的闲客，一下子变成了焦急不安的探求者。谁也不再开口，只是注视着天边……

"火！"我们几乎同时惊叫起来。

在那片亮光下居中的海平线上，倏地冒出一团巨大的暗红色的光团，像是一朵不规则的火苗，在遥远的海面上冷漠地燃烧着，不能发出热，只能发出惨淡的光……

"月亮！"我们又一次同声大叫了。

原来是一次海上月出！一个每天都会发生的自然现象，竟然如此迷惑了我们。似乎很可笑，我们却谁也没有笑，只是认真地看着突然出现的月亮。海上月出，毕竟谁也没有亲眼见到过。

月亮整个儿露出了海面。这是下旬的残月，形状极不规则，像是一颗巨大的松子仁，又像是一块被烧红后正在逐渐冷却的锻件。天边的景象是奇妙的，在深邃空旷的海天之间，初升的月亮显得孤独而又惨淡，没有彩色的云霞飞来迎接它，没有激动的生灵为它的诞生而欢呼，只有一片寂寥的宁静，注视着它，伴随着它……

然而我相信，今夜，凡是见到这月出的人们，大概都不会无动于衷的。此刻，在甲板上，四双年轻的眼睛睁得大大的，专注的眼神里，静静地闪烁着喜悦、沉思和憧憬的光，就像在月光下变得晶莹起伏的海。

月亮渐渐升高了，月光也渐渐亮起来，并且由暗红色变成了金黄色——这是一种柔和亲切的光芒，在这种光芒里，天边的明月似乎不再遥不可及，你纵身便能投入其中，甚至伸手便能去摘……黑夜的感觉也消失了，柔和亲切的月光浸透了整个世界。

海面上出现了一条路，这是一条由月光铺成的路，从我们的脚下开始，一直通到月亮升起的地方。也许，每一个在海上注视着月亮的人，脚下都有这样一条路，你可以在幻想之中走上这条路，一直走进广寒宫的琼楼玉宇……

抬头仰望，星空似乎也有了一些变化。星星变得稀疏了，早些时候曾经那么起劲地眨着眼睛的许多星星，不知道隐匿在哪儿了。银河也几乎消失了——哦，是星星们停止了它们的窃窃私语。辽阔的星空正在无声无息地注视着海上的月亮。

是的，月亮下的夜，才是真正宁静的。

流星突然又出现了。它拖着熊熊燃烧的长尾巴，几乎横贯了大半个夜空，比先前那颗亮得多，时间也长得多。然而我们都忘记了曾经准备过的愿望，只是忘情地眺望着星空，眺望着海，眺望着悄然上升的明月和那条月光铺成的路……

一百八十年前，在欧洲遥远的海边，画家看到了月亮从海中升起时的奇妙景象。月亮在海天交界处的云层里涌动，金黄的月光照亮了夜空，也照亮了波涛起伏的海面。海上，也有一条月光之路通到观海者的脚边。我不知道画家是否也和我一样曾被月亮迷惑，但月亮出现那一瞬间的景象，一定极其深刻地留在了他的记忆中，所以他才可能如此精心地描绘这样的画面。这画中是一对少男少女，他们面向着升起的月亮，期待着那美妙的瞬间。我想，虽然我们之间相隔将近两个世纪，但面对神奇的自然，面对着永恒的星空，心里的感受也许是差不多的。

遥想诺曼底

博宁顿的水彩画新颖而灵巧，早期受 T. 格廷所代表的水彩画派的影响，以后一度又受中世纪精神和东方风格的影响，成熟期丰富的色彩和闪烁的笔触显然来自巴黎学习时期。

《诺曼底海岸的船只》是英国画家博宁顿的作品，作于 1825 年。

世人都知道诺曼底，因为第二次世界大战后期盟军在那里登陆，开始对德国法西斯的大反攻，历史从那里掀开了新的一页。博宁顿在诺曼底海岸写生时，绝不会想到一百多年后这里会成为世界上最大的战场。他背着画箱在辽阔的海滩上寻找作画目标时，海水正悠闲地拍打着海边的礁石，海面上帆影点点，鸥鸟在沙滩上觅食。然而画家还是在海岸上找到了他想描绘的目标。

那是一个简易的码头，没有伸向海域的栈桥，也没有现代港口必备的吊车。一艘帆船搁浅在海滩上，桅杆没有放下，篷帆没有收起，而船体已经倾斜。一辆运货的马车停在海滩上，两匹拉车的马低垂着头站在那里，马蹄已被涌上沙滩的海水淹没……这样的画面，既不是表现大自然的安宁，也不是表现人类工商业的繁华。画面是宁静的，但宁静中似乎潜藏着危机，倾斜的船只，疲惫的马匹，海滩上散乱的杂物，灰云密布的天空，海边峻峭的岩岸……所有这一切，都使人不安，使人心烦意乱。很显然，画家感兴趣的并不是自然的海，而是海岸上的人迹，是人类生活和海洋发生的关系。这样的画面，如以文学样式作比，不是小说，画面中没有具体的故事，也不是诗歌，画面中缺乏浪漫的气息，也没有激情洋溢其间。可以是一篇散文，一篇意境灰涩却有寓意的散文。我想，画家当年作这样一幅画，在写生的同时，必定也表达了作画时的一种情绪，这情绪恐怕不会是轻松愉悦的。相术师和预言家们或许会把这样的画面和一百多年后的那场大战联系起来，那当然很荒唐。不过现代人看到这幅描绘诺曼底的画，联想起盟军的诺曼底登陆，也是很自然的事情。一百多年后，出现在这片海滩上的是铁甲舰船，是全副武装的军人，是复仇的呐喊，是枪炮轰鸣，是血肉飞溅……人与自然的交流，没有再比这样的情形更为惨烈。同一片海滩，在不同时代出现的场景反差竟如此巨大。

艺术家的创造使观者联想到自己的生活，联想到历史，联想到与此有关联的事物，这或许出乎创作者的意料，但却是很多成功艺术品的共同特质。中国的古代画家爱以长江赤壁入画，画面上没有兵马战船，但这样的题材使人怀古，联想起周郎和诸葛亮在这里指挥水师大败曹操。而从一幅古代的画联想现代的战争，则是另外一回事了。

向平庸挑战

❀ 德拉克洛瓦于 1832 年到摩洛哥和阿尔及利亚旅行，这次旅行成为德拉
克洛瓦创作的分界线：这以前的创作都是围绕着浪漫主义的主题与形
象而进行的；这以后的许多作品，由于脱离生活，唯美感加强了。

在世界美术史中，德拉克洛瓦是一个光彩四射的名字。在我的印象中，他是美术界的英雄，他崇尚自由，向往革命，血液中奔涌着浪漫的激情。他的一生，是向平庸挑战的一生，是追求理想和浪漫的一生。他作品中那种悲天悯人的情怀和英雄气概，在他同时代的画家中绝无仅有。我在少年时代看到他的《希俄斯的屠杀》和《自由领导着人民》，从此就再也无法忘记德拉克洛瓦这个名字，画面上那种惨烈的景象和无畏的激情，使人过目而难忘。我相信他的这两幅画是人类绘画史上最伟大的作品之一，这样的作品，比那些故作激烈的革命宣言和空洞的民权议论要有力量得多。

很遗憾，艾尔米塔什的收藏中没有《希俄斯的屠杀》和《自由领导着人民》，但这里也有德拉克洛瓦的不少佳作，譬如《摩洛哥人猎狮》和《备马鞍的摩洛哥人》。

《摩洛哥人猎狮》，在德拉克洛瓦的作品中也是出类拔萃的一幅，画面中表现出的紧张气氛给人的印象非常强烈。两个猎人埋伏在一棵大树下，在树的阴影中，他们的面部侧影隐约可见，猎人脸上的紧张表情也可以想见。那个穿

▲ p○93　摩洛哥人猎狮
1854 年，布面油彩
74cm×92cm
艾尔米塔什博物馆收藏

▶ p○94　备马鞍的摩洛哥人
1855 年，布面油画
46.99cm×55.88cm
艾尔米塔什博物馆收藏

红裤子的猎人身体呈一种箭在弦上的姿态，就像百米赛跑的运动员起跑前的一刹那。狮子在不远的山坡上和猎人对峙着，它蹲伏在地，侧首警觉地倾听着周围的声息，已经预感到面临的危险，只要有风吹草动，有异常的声音出现，它就会猛扑过去。这是人类的勇气和智慧与猛兽之间的较量，虽然画面是静止的，但其中蕴藏的惊险绝不亚于那些血腥厮杀的场面。这幅作品的光线处理也很独到，两个猎人的身体半明半暗，身体的上半身隐匿在树的阴影中，下半身暴露在阳光下，一红一白两身衣裤成为画面的最亮点。德拉克洛瓦不可能亲临猎狮的现场，但对摩洛哥人的狩猎生活一定是熟悉的。德拉克洛瓦 1832 年访问北非，那年他三十四岁。他游历了摩洛哥和阿尔及利亚，在那里逗留了很长日子，兴致勃勃地观察了解了非洲的自然景象和当地居民的日常生活，积累了大量创作的素材。回到巴黎之后，非洲的生活就成为他绘画的重要题材。《摩洛哥人猎狮》作于 1854 年，是在他访问非洲的二十二年之后，可见当时的观察在他的记忆中留下了何等深刻的印记。

在创作《摩洛哥人猎狮》的第二年，德拉克洛瓦又画了《备马鞍的摩洛哥人》，和前者相比，这幅画更洋溢出一种充满阳刚之美的英雄气概，画中那位举臂抬鞍的骑手，那匹迎风扬鬃的骏马，都给人一种英姿勃发的印象。这幅画的色调热烈奔放，耐人寻味的是那匹骏马的表情，它似乎有点迫不及待，正和自己的主人打招呼，让他赶紧上马。骏马奋蹄待发的形象，会使人很自然地作出这样的联想：摩洛哥骑手策马在辽阔的非洲原野上奔驰，骏马的嘶鸣和飞扬的马蹄声在天地间回响……

光和空气在流动

康斯坦·特罗扬是巴比松画派代表人物。巴比松画派
强调在风景中描绘人，强调自然中有人的气息。康斯
坦·特罗扬则擅长于以牛羊形象来展示农村中人的作用。

　　太阳刚刚升起，地面上还飘漾着淡淡的晨雾。阳光透
过雾气照射过来，大地上的万物顿时变得剔透晶莹，树叶
和草尖上的每一滴露珠都反射着太阳的光芒。此刻，即便
是在最贫穷偏僻的乡村，你也能看到灿烂的景象，阳光会
为天地间的一切罩上炫目的光晕。如果你迎着初升的太阳
往前走，前方的景物处在逆光之中，那种朦胧而神秘的气
息用言语难以形容。迎面而来的人和动物一个个身披着金
色的光环，每一个细微的动作都会曳动出斑斓光影，飘忽
如虹，又迷离如梦……

赶集路上　　　▸ p○97
1859 年，布面油画
260.5cm×211cm
艾尔米塔什博物馆收藏

我年轻时代曾经在乡村生活过多年，这样的景象，我非常熟悉。法国画家康斯坦·特罗扬的油画《赶集》，描绘的就是这样的景象。画中一对夫妇赶着畜群走在乡间小路上，地面的晨雾还未散尽，旭日正在他们的身后冉冉上升。观看这幅画，给人印象最深刻的，就是画面上的那种阳光和空气交织流动的感觉。能用色彩描绘出这样的效果，实在很奇妙。康斯坦·特罗扬是19世纪法国巴比松画派最年轻的代表人物，他存世的作品，最大的特点就是对光线的独特表现。看他的画，令人心情舒畅，周围的阴晦似乎也会一扫而光。光和空气无形无色，但它们却自由烂漫地在他的画中蔓延流动。在《赶集》这幅画中，画家对牲畜的生动描绘也值得称道。画中共画了五种动物：大大小小好几头牛、一群羊、一头驴、一匹马，还有一条活蹦乱跳的小狗，它们形态各异，自然地组合成一支牲畜的队伍，披着满身的阳光走过来。那头驴子驮着两只树条筐，筐中一边是两只小羊，一边是一头小牛犊，其灵动鲜活之状让人惊叹。🦋

负重而行

米勒开启了法国巴比松派，法国现实主义绘画由此兴起。他广受法国农民的欢迎，被称为"农民画家"。

凡是对西洋油画稍有点了解的人，都知道米勒的《播种者》和《拾穗》。这位一生都在用画笔描绘农民的画家，把 19 世纪法国农民穷困的生活和辛勤劳作的形象永远定格在了画布上。20 世纪 70 年代末，上海曾展出法国绘画作品，其中有米勒的画，那些劳动中的农民和他们沉思忧郁的表情，留给我极深刻的印象。

艾尔米塔什收藏的《背树枝的农妇》，也是米勒描绘法国农民生活的作品。两个农妇，低着头，背着比她们的身体还要巨大的柴捆，步履艰难地行走在小路上。正是日暮时分，她们周围，是一片阴暗的暮色，黑暗的阴影笼罩在她们的头顶，黑夜不久就会来临。这样的画，使人感到压抑。在我的记忆中，米勒描绘的农民形象中，没有一个是面带笑容的，他们的疲惫、忧伤和愁苦，从每一个细微的动作中流露出来。譬如那幅收藏于巴黎奥塞美术馆中的《割麦人的休憩》，画面上那个精疲力尽的农夫脸上是一种绝望。《背树枝的农妇》也正是这样的风格，两个负重踽行

的农妇，干的是她们力不胜任的工作，但她们没有选择的余地。在米勒的画中，我能感觉到他对处在艰难环境中的农民的深切同情。难怪当时有评论家说他的画是"反对人民贫困的起诉书"。

米勒对自己作为一个画家的使命非常明确，他认为自己的任务是传达"真实的人性"，是刻画"劳动者的伟大史诗"。一个画家，要做到这一点，非常不容易，这也是艺术道路上的一种负重而行。回顾欧洲的绘画史，米勒理应受到特别的尊重。🎴

◀ p100　背树枝的农妇（局部）
1858 年，木炭，水粉，纸
37.5cm×29.5cm
艾尔米塔什博物馆收藏

琴声在幽暗中飘旋

❀ 塞尚是继印象主义之后的绘画革新家。1866 年后，塞尚吸收印象派的技法，涂色较为均匀、和谐，在吸收印象主义技法的同时，并没有抛弃个性，他更加关心对象的实体感，关心均衡与结构，画面显示出凝重和恒定持久的感觉。

  塞尚的油画色彩明亮，笔触粗犷有力，他画的那些静物鲜艳地凸现在幽暗之中，给观者清新鲜活的感受。

  《钢琴旁的姑娘》是塞尚的一幅名画。和他的静物画相比，有异曲同工之妙。画面的大部分是幽暗的，钢琴、座椅、墙壁，都是深褐色的基调，那个坐在钢琴一侧做针线的少女也在阴暗之中，成为幽暗基调的一部分。而那位弹琴的少女却以一袭白衣裙为画面带来一片亮色。有了这一片亮色，整幅画便显得明亮起来，就像从满天的乌云中射出一缕阳光，瞬间便驱散了弥漫在空气中的阴郁。

  虽然有人在画面上弹琴，但我感觉到的却是一种宁静。白衣少女弹的必定是一首节奏徐缓的曲子，伴随着温雅的沉思，譬如肖邦的《夜曲》。可以清晰地看到少女弹琴的手，手指柔和地接触着琴键，没有刚烈的敲击，没有夸张的移动。画面上的两个少女目光低垂，一个看着手中的针

钢琴旁的姑娘（局部）
1868 年，布面油画
57.8cm×92.5cm
艾尔米塔什博物馆收藏

线，一个注视着钢琴的琴键，看不见她们的眼睛，无法从她们的目光中看到她们的心思。但是可以想象那缓缓飘旋的琴声，可以想象屋子里安宁的气氛，在琴声中，两个少女各自想着自己的心事，我们永远也无法知道她们在想什么。

看塞尚的画时，我想起了安格尔和德拉克洛瓦当时的争论，崇尚古典的安格尔认为线条是绘画的基础，而鼓吹革新的德拉克洛瓦认为色彩才是绘画的生命。当时的画家，大多都卷入了这场纷争。其实，这样的争论现在看来没有多少意义，线条和色彩，在绘画中两者不可或缺。而塞尚，当时便在两者之间取了一个中间的道路。他的作品，有粗犷鲜明的线条，也有丰富变幻的色彩。他喜欢用粗重的色彩勾勒物体的轮廓，这样的手段，是一种创造。直到现在，还有很多画家在不知不觉地模仿着他。

说塞尚是开一代风气的大画家，大概不是过誉之辞。

苏醒

虽然西斯莱的许多油画从 1890 年在官方的沙龙不断被展出，但直到逝世他始终没有得到社会的承认。

面对着这样一幅画，假如有人问："你能不能从中找到春天的足迹？"

能，当然能。

那缓缓流动的河水中有春的足迹。也许淡蓝色的河面上还漂浮着白色的薄冰块，那些冰块不时互相撞动着，发出"咔嚓嚓"的碎裂声，它们使人想起不久前那些冰天雪地的时光。然而河水毕竟已经开始流动，残存的碎冰再也无法封锁这些急于想流向远方报告春消息的生命之水……

河畔那一片小树林里有春的足迹。不错，那些纵横交错、参差不齐的枝丫依然赤裸着，整整一个冬天的风雪未能折断它们，也未能冻僵它们，绿色的春之梦一直默默地蕴藏在它们的心中。如果仔细看一看，你会发现，有一层嫩黄色的轻纱笼罩着它们——这是什么？是芽，是叶，是绿色之梦的序曲。用不了多久，这一抹嫩黄便会化成一片翠绿，化成一片怡人的浓荫……此刻，在湿润的寒风中，数不清的枝丫如同数不清的手臂，争先恐后地伸向空中，

春天的小树林（局部）
1880 年，布面油彩
54cm×73cm
艾尔米塔什博物馆收藏

谁说它们不是在挥别寒冬迎接新春呢?

　　一条小路从遥远的地方伸展过来,穿过小树林,通到了我们面前。春天当然也把脚印留在了这条路上。你看,曾经被冬天冻得硬邦邦的路面已经泥泞不堪。无数农夫曾在这条路上走过,他们肩扛着农具,手牵着耕牛,三三两两沿着这条路走向田野。下田送饭的农妇和孩子们也走这条路,大大小小的脚印交织在一起,终于什么也无法辨清。只有那两道又宽又深的车辙,赫然刻在路面,使人联想起庄园主的马车经过时撒下的一路"隆隆"声……

　　路边有一片草地,草已经长得很茂盛,在金黄色的阳光下,草叶上有无数露珠闪烁着晶莹的光芒。也许,这是春天在这里留下的一个最深最清晰的脚印。美妙的新绿将从这片草地上向四面八方蔓延,一直绿遍天涯……

　　最后,我们的目光当然要落到那位迎面而来的蓝衣少女身上了。(她距离我们太远,而且低着头,其实无从知道她的年龄。不过我想,在初春的早晨这样独自漫步乡间想着心事的,必是少女之所为,姑且当她是少女吧。)她是沿着那条泥泞的路从远方走来的,她慢慢地走着,穿过寂静的树林,走到了这片洒满阳光的开阔地,她的脚步情不自禁地离开小路,踏进了路旁的这片草地。我们见到她时,她已经停住了脚步,低着头,两手合抱胸前,默默地站在草地上。她在干什么呢?

　　是在草丛中寻觅野花?

　　是在谛听春水流动的奇妙声响?

　　是触景生情,想起了发生在这里、发生在初春的往事,往事中有甜蜜的泪水，有优美的叹息……

也许，只是有一只小小的蝴蝶从她脚下飞过，她惊异于那蝴蝶的色彩和轻盈的舞姿，又不忍惊扰了它，便站定了用欣喜的目光默默地追随那美丽的小生命，这是春天的信使呵！

为什么要让少女站定在这片草地上？这问题大概只能由画家本人解答了。假如我是画家，我绝不会用一个故事来搪塞读者，我将说：没有什么神秘的原因，任何一位热爱生活的少女都可能站定在这片草地上，是春天留住了她的脚步。她就是春天的一部分。

无奈的裸露

🏵 杰洛姆几次游历埃及，创作了很多东方风景的作品，
是传统学院派的支持者、进步趋势的反对者。

　　在艾尔米塔什博物馆中，法国画家里让－莱昂·杰洛姆的几幅油画引人注目。他在油画中描绘美妙的女人裸体，但却不同于一般的人体画。他总是将人物置于很特殊的环境中，使人们感受历史，感受那些不为常人所知的故事。在那些历史场景和故事中，女人虽然美丽，却是无助的受害者。她们裸露自己的胴体，展示自己的天生丽质，都是出于无奈。

　　《后宫浴室》，使我想起伏尔泰的《波斯人信札》，想起小说中那些被幽禁在后宫中的妃子们，她们百无聊赖地裸露着自己的身体，等待着主人的来临，不知道谁能得到"宠幸"。在那些线条优美的裸体下，包藏着怎样的心？这些失去了自由的美女，她们在向往些什么？毫无疑问，不会人人都期盼着"宠幸"，那些醉眼迷离、纵欲过度的主人，即便被你的美丽吸引，向你伸出他的不干不净的手，搂着你上床，那又怎么样。事后，他可能一脚把你踢开，甚至忘记了你的名字。在后宫，可以随时窥视赤裸的妃子们的，是那些被剥夺了性功能的阉奴，主人派他们监视着

成群的妃子，却不怕他们会偷情，会破坏了妃子们的"贞洁"。那些阉奴，其实和寂寞的妃子们一样可怜，他们生为男人，却雄风不再，高大健壮的躯体中，包裹着的是窝囊、屈辱和辛酸。阉奴和妃子们的交流，是人间一种病态的相处，他们之间会发生的故事，也可以为文学家提供无穷的想象。而妃子们的心情，恐怕也不会单纯划一，不会人人都以盼望主人的"宠幸"为生活的终极目标，在看似慵懒的外表下，极有可能藏着一颗躁动不安的心。她们可能向往着真正的幸福，这幸福绝不会锁在深宫里。宫墙之外，有她们真心相爱的男人，她们被幽囚在后宫，却想着有朝一日能逃出苦海，和心上人私奔。这种追求自由和幸福的成功机率，也许微乎其微，失败的同义词是死亡，而且死无全尸。但寻求人间真幸福的诱惑，或许能战胜死亡的恐惧。有了这样的想法，文学家尽可以驰骋想象，编织出跌宕曲折的故事。生活中曾经发生的，可以生动演绎；生活中没有出现过的，也可以合理推测，尽情创造。于是我们才会看到那么多和后宫有关的故事和电影。看杰洛姆《后宫的浴室》，会使很多人感到似曾相识，那是因为在电影和小说中看到类似的场面。毫无疑问，那是小说家和电影导演受了杰洛姆们的作品的影响。

后宫的浴池　　　　　▶ p111
约 1876 年，布面油画
73.5cm×62cm
艾尔米塔什博物馆收藏

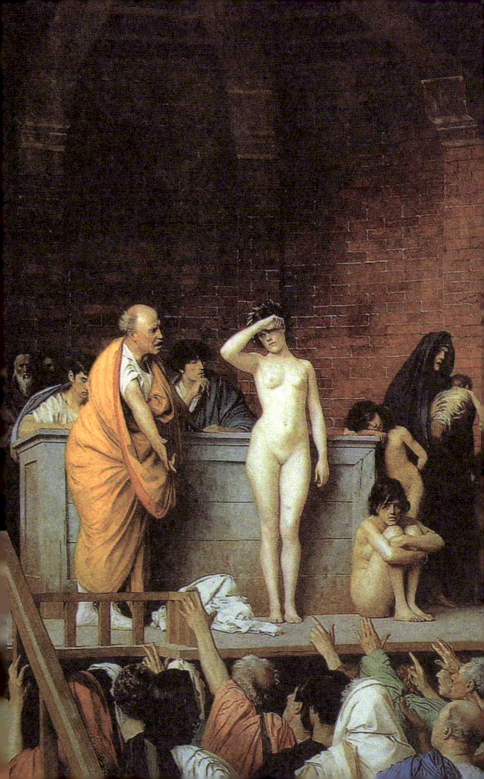

杰洛姆的《奴隶拍卖会》，展现的画面更为凄惨。画中的女奴以裸体示人，完全是被胁迫，被侮辱。面对着那些燃烧着欲望的冷酷的目光，她们无奈地脱去身上的衣衫，在众目睽睽之下展示青春的胴体。那站立于画面中心的女奴，以手遮脸，脸上的表情，是羞怯，更是凄楚和苦痛，她无法正视周围那些贪婪的眼神。在她的脚下，无数只手向她伸过来，竞拍者争相喊叫着企图购买她的价格……美和邪恶，同存于一个空间，美被邪恶包围，被邪恶蹂躏，被邪恶吞噬，美是如此动人，又是如此弱小无助。这场面，令人心惊，也令人心酸。

记得"文化大革命"刚刚结束时，曾有一个法国画展在中国展出，展厅里观者如潮，面对安格尔那些裸女作品（印刷品），很多人脸红心跳。安格尔画的土耳其浴室，画面中成群的裸女聚集在一起，展示着女性胴体的丰腴和多姿。在中国，这样的艺术曾经被道学先生和无知者们看作色情画，属于"非礼勿视"的东西。现在中国人也早已见多不怪。但我感觉看杰洛姆的这些画，和欣赏安格尔的人体画，心情是不一样的，如果说，安格尔展现的是美，他的画使人产生愉悦，那么，杰洛姆在展现美的同时，更多地引起观者的忧思。🌀

◂ p112　奴隶拍卖会
　　　　约1884年，布面油画
　　　　92cm×74cm
　　　　艾尔米塔什博物馆收藏

美将留下来

❀ 1878 年起，由于经济上的原因，雷诺阿脱离印象主义转向官方沙龙。为适应沙龙的需要，他的艺术风格也经历了一些变化。1888 年，他感到自己的作品平淡乏味，毁掉了不少画幅。这幅《拿扬鞭的女孩》就是他创作后期的作品。

在世界绘画史上，雷诺阿可以说是一个多姿多彩的人物。他和莫奈、西斯莱曾经同在格莱尔画室里学画，但他们后来都摒弃了学院派的画风，成为印象主义画派的领军人物。印象主义画派的画家中，雷诺阿是很特殊的一位。很多印象画派的作品画面朦胧斑斓，模糊不清，物体的形象夸张变形，这样的风格，曾经受人嘲笑，但后来却成为一种时髦。而雷诺阿在印象派画家中卓而不群，始终保持着自己的独特风格。他的绘画题材大多为人物，描绘的对

拿羊鞭的女孩　　　▶ p115
1885 年，布面油画
105cm×75cm
艾尔米塔什博物馆收藏

象绝大多数是妇女和孩子。画中的人物形象并不变形，也不模糊，他总是让人物处在光明之中，那些妇女和孩子的表情开朗愉悦，她们的头发在耀眼的阳光中透明如金丝玉帛。雷诺阿在创作时拒绝表现邪恶、暴力和丑陋，他描绘的人物，仿佛是光明和美丽的化身。

艾尔米塔什博物馆中收藏着很多雷诺阿的作品，《拿羊鞭的女孩》是其中广为人知的一幅。画面上，一个女孩站在花坛前，亚麻色的头发披在肩上，一对黑色的大眼睛清澈如水，她的目光中带着一种询问，天真和稚气的神态使人爱怜。这是一幅充满阳光的画，女孩的脸上、身上、身后的花坛，都笼罩在灿烂的光芒之中，女孩站立的那片土地，也是一片明丽的亮色。女孩纯真无邪的明朗表情，已经成为一种美好的象征。

雷诺阿的画常常使我联想起莫扎特。莫扎特的音乐一直保持着他的优美，即便在表现痛苦和忧伤时，他的旋律依然优雅悦耳。雷诺阿和莫扎特一样，生活的境遇并不顺利，常常与贫病为伴，但这并没有使他停止追求美的脚步。光明和欢乐，是他绘画中永不改变的主题。曾经有不少批评家认为雷诺阿的绘画题材过于狭隘，缺乏深刻的社会意义。但随着岁月的流逝，不少自认为深刻的画家逐渐被人遗忘，而雷诺阿的作品却一直受到热爱艺术的人们的喜欢。这使我想起了雷诺阿说过的一句话："痛苦会过去，美将留下来。"

大师的脚印

❀ 莫奈是印象主义的代表人物。他从早期就迷恋阳光，
把一生的精力主要用在外光的探索上。他用三棱镜来
分解阳光，得到原色，用强烈的原色作画。《吉维尼
干草垛》对外光和空气的氛围作了淋漓尽致地描绘。

正是夏日黄昏。日暮时分的最后一抹阳光，抚摸着收
割过的麦田，无人的麦田里燃烧起金红色的火焰。田边的
草垛犹如一颗巨大的金色干果，凝聚着收获的疲惫和喜
悦。麦田的尽头是村舍，炊烟袅袅，在屋脊和林梢间飘动。
那隐匿在林荫中的几栋房屋，可以使人产生很多联想：此
时，农夫已经收工回到家里，家犬兴奋地围着主人转，主
妇们正在生火做饭，饥饿的孩子们围着灶台捕捉饭菜的香
味……村舍的背后是树林，浓密的枝叶深沉如墨，树林的
背后是丘陵和旷野，苍苍茫茫，一直连着浩渺的天穹。

这是莫奈的油画《吉维尼草垛》描绘的景象。在艾尔
米塔什博物馆的藏画中，《吉维尼草垛》是引人注目的一幅
作品。和古典的风景油画相比，这幅画显得明亮而有活力。
虽然画的是静止的风光，但画面中处处涌动着生命的激情，
在麦田里，在树林中，在天空中，都可以感受到画家对大

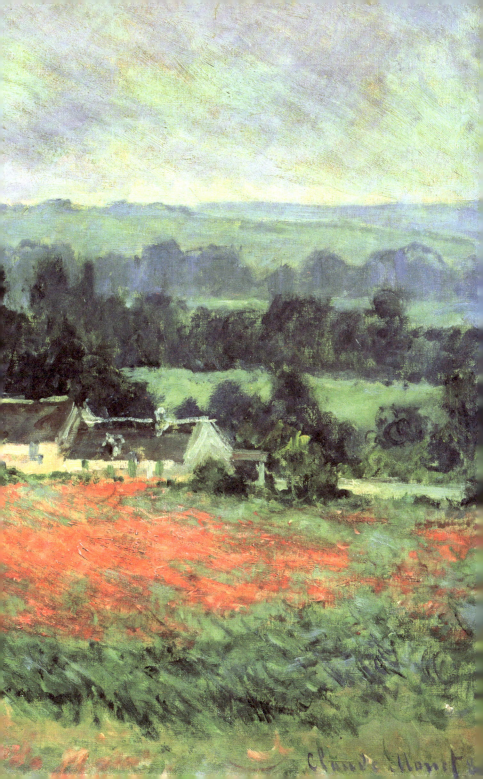

自然的期望和留恋。沉浸在他创造的景象中时，我总是觉得其中蕴藏着一些难以言说的情绪，似乎随时会有奇迹从中发生。当然，这只是一种感觉，一百多年前固定在画布上的色彩不可能发生任何变化。能让百年后的观者产生这样的感觉，这是艺术生命的奇迹。

19 世纪后半叶在巴黎发生的那场美术革命中，莫奈是一员主将。"印象主义"画派的命名，就是因为他的作品《日出·印象》。从"非主流"的民间画家，到举世瞩目的画坛新流派掌门人，他也走过了曲折的道路。《吉维尼草垛》这样的作品，在莫奈的作品中只是平常的一幅，但这也是大师留在他探索道路上的脚印。❀

◀ p118　　吉维尼草垛
　　　　　　1880 年，布面油画
　　　　　　60.5cm×81.5cm
　　　　　　艾尔米塔什博物馆收藏

灵魂的故乡

高更被塔希提岛原始生活方式所陶醉，在色调运用上倾向于融合为单一的调子，以取得平面的色彩效果。他将人物安排在一个不大真实的、但生动的深红色背景之上，大面积平涂色彩，与印象主义的小笔触技法趣味迥然不同。

高更是画家中的传奇人物。离开繁华和喧嚣，到远离都市的海岛上寻找激情，寻找灵感，寻找爱情和幸福，他走的是和别人完全不同的道路。当时也许有很多人不屑于他的举动，甚至有人认为他的脑子出了毛病。但是后人看着他那些与同时代画家完全不同的作品，不得不钦佩他作为艺术家的独特眼光和珍贵个性。我相信，和他同时代的很多人也一样会敬佩他。艾尔米塔什博物馆收藏他的作品，当然也是因为他的作品完全有资格和当时最有名的油画大师们比肩而立。

高更离开巴黎去塔希提岛，在当时确实是一件惊世骇俗的事情。也许，这也算得上是一种"时髦"，但追求这样的时髦却需要勇气和魄力。高更并不富裕，他去塔希提岛，是在朋友的帮助下拍卖了自己的很多油画，筹得一笔钱，

在山脚下
1891 年，布面油画
68cm×92cm
艾尔米塔什博物馆收藏

然后背起画箱踏上旅途，他想"快乐地、安谧地、艺术地"生活在那个阳光明媚的岛上，相信陌生的土地和人群会激发自己的创作激情和灵感。他的理论是："遥远的、野蛮的源泉能充实我，并使我得到在巴黎永远也无法得到的救助。"他追求的是一种"形式的简单化和思想的复杂化"。对他远行的决定，连他的朋友们也不理解，雷诺阿就感到困惑不解。他说："一个画家住在巴黎就可以画得很好，有必要走得那么远吗？"毕沙罗也不相信高更这样做会有什么好结果。而莫奈却表露了对高更的漠视。只有善良的德加，对高更的举动表示了理解，在高更为筹集旅资而举行的拍卖会上，他买了高更的好几幅画以示支援。

塔希提岛上的女人们毫无顾忌地在高更面前裸露出被阳光晒黑的身体，她们的黑眼睛清澈如水，她们的举止神态和身边的土地、树林海滩一样自然。对于看惯了宫廷和都市的缤纷奢华，看惯了珠光宝气的眼睛，这样浑然天成的画面显得惊世骇俗。

塔希提岛和巴黎是完全不同的两个世界，一个是天然无饰的原始天地，一个是物欲横流的繁华之都。在巴黎曾经给很多人留下冷漠印象的高更，在这里完全变成了另外一个人。他的眼里，充满了大自然最辉煌的色彩，金黄的阳光，金黄的土地，连人们的肌肤也是金黄色的，巴黎的压抑和心头的阴翳在这一片耀眼的金黄中一扫而光。他也找到了心爱的女人，在简陋的屋子里，却有温馨的气氛和富有诗意的情调。高更在塔希提岛上尽情地描绘他的所见所思和所爱，那些和阳光土地融为一体的人物，健康、强壮、坦诚，散发着生命的魅力。他的画风因此而大变。

在艾尔米塔什的藏画中，有高更的《在山脚下》，这也是他作于塔希提岛的作品。在这幅画中，我们可以感受到画家心中的激情。作品的基调是红色，花一样的红，火一样的红，血一样的红。画面前方那一片红色，无疑是画中最耀眼的亮点，这片红色只不过是一片普通的草地。为什么画家会把绿草画成红色呢？难道他是红绿色盲？当然不是。高更对南半球的阳光感受实在太强烈，这是一片袒露在阳光下的草地，每一片草叶都承受着灼人的光芒，高更为了突出太阳的光芒，夸张地把草地画成了醒目刺眼的红色，似乎是匪夷所思，但却让人过目不忘，会发出这样的惊叹：世界上，难道会有这样的草地？其实，这是画家把自己的想象和情绪化成了色彩，尽管这色彩和他实际所见相去甚远，但那情感却是真实的，那是大自然带给他的激情。草地尽头的那棵大树，也画得非同一般，受阳光照射的那一部分，如同一把火炬耸立在天地之间，这和树冠的阴面，形成了强烈的对比。而远处的山坡在阳光的直射下，如同暗红色的岩浆，在天地间流淌。在这火一样的画面上，我们也可以看到活动的人物。两个村民各自朝相反的方向

玛利亚的一个月　　　▸ p125
1899 年，布面油画
96cm×74.5cm
艾尔米塔什博物馆收藏

走着，一人光着上身骑着马，一看便知他是岛上的居民，而另一个人物则低着头，在小路上散步。有了这两个人做参照物，我们便可知道他们身边的热带乔木是多么巨大。这样的作品，后来出现在巴黎的画展中，引起一片惊诧也是必然的。坐在巴黎那些阴暗的画室里，永远也创作不出这样的作品来。

艾尔米塔什收藏的《谈天》，也是高更在塔希提岛上创作的重要作品，画面上，六个姑娘席地而坐，她们似乎刚刚议论过一件耐人寻味的事情，正沉浸在想象之中。六个姑娘的坐姿各不相同，神态也不一样。大概因为边上有一个写生的画家，她们的脸上还带着几分羞涩。有意思的是背对画面的那位，一个人低头抿嘴而笑，正忍着不让自己笑出声音来。面对这样的画面，我想象着当时的景象，这些生性自由不羁的姑娘，在经历了沉思默想之后，也许会爆发出一阵大笑。而首先笑出声来的，当然是背对画面的那位姑娘。这幅画的基调，也是阳光的颜色，画面上方的那片金黄，以及充满画面的土地的棕色，还有碧绿的草地，阔大的树叶间那些金红色的浆果，无不让人感受到生命的蓬勃活力。

艾尔米塔什博物馆中还有高更的不少作品，如《神奇的来源》《大溪地的生活》《玛利亚的一个月》，描绘的都是塔希提岛上的生活，画面上阳光明媚，塔希提岛上的生活诗一般展现在人们的面前。我发现，高更笔下的塔希提女性神态都显得安详悠闲，虽然生活在很原始的状态，但她们的身上却散发出一种优雅和宁静。这样的画，也是一种心情的流露。如果整日沉浸在焦灼烦躁的情绪中，能画出这些作品吗？

1903 年 5 月 8 日，高更孤独地在大洋洲的一个孤岛上走完了他的人生之路，他没有为自己的选择后悔，他也确实没有理由后悔，因为，在那些阳光灿烂的岛上，他不仅尝到了爱情的浆果，也寻到了艺术的真谛。在那间小屋门口，刻着"快乐之家"，是高更自己刻的。我看到有人这样评论高更："对于客死他乡的高更，究竟哪里是他的故乡呢？巴黎？塔希提？多明尼克岛？是也，非也。高更其实一生都在寻求他的灵魂故乡。或许他的故乡应该在他的画里面，在鲜艳的色彩和阳光的女人男人之下，高更的黯淡和挣扎都变成了油彩。"这些话使我产生共鸣。一个艺术家，如果无法找到自己灵魂的故乡，即使生前荣华富贵，身后大概也会寂寞寥落的。

话说德加

❀ 印象派画家。1865 年之后，德加转向现代题材和肖像画创作。德加与其他印象派画家不同的是，他始终强调素描的重要性，还喜欢用默写来记录他对自然的感受。

　　画面有些朦胧，水汽在空气中蒸腾。沐浴完毕的女子刚刚离开澡盆，用梳子梳理着湿漉漉的长发，用白色的纱巾擦拭着身体。阳光从我们看不见的窗户里斜射进来，透过蒸汽的氤氲，在窄小的屋子里流动，健康的裸体正享受日光的沐浴，光线下身体的曲线柔和，凹凸分明。这样的场景，在生活中只是一个瞬间，画家将它们摄入自己的画框，定格成永恒的画面。我不知道被画的这两个女性是谁，是画家熟悉的女性，还是临时请来的女模特。当时还没有盛行照相机，画家不可能先拍照，再根据照片作画。这样动作着的人体，只能以速写的形式记下来，然后再根据记忆和想象来完成作品。看他的这些画，能感觉画家的回忆和想象的过程。看人物的体态，找不到贵妇淑女的纤弱，有的是劳动女性的健壮。画面是无声的，裸女无言，表情也显得沉静，看不见她们的眼神，无法探知她们的心思。但画中人在动，动作徐缓优雅，不慌不忙，延长着每一个细微的动作，仿佛电影中的慢镜头。流动的光线使画面平添几分迷离的气息。

德加的这类油画，和他之前的画家以及他同时代的大多数画家相比，风格明显不一样，粗放简练取代了精确细腻，生动平常的生活气息取代了呆板做作的造型。德加画这类人体油画是在 19 世纪 80 年代，当时印象派绘画已经出现，德加的创作风格和印象派画家们很接近。作为一个油画家，德加写实的功夫是第一流的，他早期的创作中有很多写实风格的历史题材作品和人物肖像，这些画继承了老祖宗们的衣钵，展现了高超的写实技巧。然而德加不是一个在艺术上墨守成规的画家，他和同时代的很多画家一样，在不断探索求变。首先是绘画内容的变化，从常见的

芭蕾舞休息室（局部）
1874 年，布面油彩
艾尔米塔什博物馆收藏

浴后擦身的女人
1895 年，布面油画
60cm×50cm
艾尔米塔什博物馆收藏

历史宗教题材和一般的肖像，转为他能直接接触观察到的生活场面，他用手中的画笔准确敏感地再现戏院、赛马场、咖啡馆和街头所见的场面。绘画的方法则变得简洁有力，有点像油画的速写。然而这样的变化，对一个画家，对当时的画坛，却是非同小可的事情。可以想象，面对着如此新鲜的画面，当时人们的好奇和惊愕。

德加和马奈是同一个时代的画家，又同在艺术空气浓郁，审美宽容度极大的法国，他们之间的接近是理所当然的事情。19世纪60年代中叶，德加和马奈及其派别越来越亲密，他曾经参加过很多次印象派画家的画展。德加参展的作品都以现实生活中的场景为题材，如《歌剧魔鬼罗伯特中的舞蹈》《巴黎歌剧院的乐队》《芭蕾舞的排练场》《赛马》《苦艾酒》《熨衣妇》等。这些作品，都已成为德加的代表作。我曾在国内的美术读物中看到这样的议论："由于德加受印象派的影响，丧失了对于绘画对象的社会本质的兴趣，首先关心的是事物的外表，直接看得见的一面。德加为了要铭记瞬间的、偶然从生活中抓住的现象，便采取一些不平常的透视缩减，人物及物体的位置极不均衡。进一步，德加的创作便变得没有了思想性，滋长了形式主义和对人对社会生活漠不关心的唯美主义，冷漠的怀疑论，而一味自我陶醉于奇怪的透视缩减和斑斓的色彩效果中。"这样的观点，实在有点不知所云。德加以大半生精力致力于描绘普通人生活，这要倾注多少热情。说他"对人对社会漠不关心"，不知道依据何在。作为一个有个性的画家，德加对表现形式的追求伴随着他创作的整个历程，这正是他成为一个大画家的秘诀，也是他和那些平庸之辈的主要区别。

远去的巴黎

❀ 约在 1885 年，毕沙罗对新结交的朋友西涅克和修拉
的画法产生兴趣，一度迷恋点彩法。但不久，便放弃
了这种画法，重新采用印象主义的技巧作画，创作了
《巴黎蒙马特尔大街》。

宽阔的蒙马特尔大街上车水马龙，绿荫覆盖的法兰西
剧院广场上人流汹涌，阳光，雪色，雨雾……

因为毕沙罗的精心描绘，我们今天仍能看到 19 世纪巴
黎的街景。在那些缤纷炫目的画面中，仿佛能听见当年的
车鸣马啸，人声喧嚷，能感受两个世纪前巴黎的生活气息。
一百多年前，巴黎作为欧洲的大都市，已经以它的繁华多
彩吸引了全世界的目光。毕沙罗的艺术生涯，也起始于巴
黎。1855 年，世界博览会在巴黎举行，在这个世界博览会
上，有规模庞大的世界美术展览。对美术家来说，这是前
所未有的盛事。英国皇后和法国皇帝一起参观了这个展览
会。拿破仑三世声言：这场国际盛会有助于"使欧洲成为
一个大家庭的重要纽带"。

毕沙罗本不是法国人，他的家乡是一个多岩石的小岛，
名叫圣托马斯，地处波多黎各附近，属于丹麦的西印度群

岛。他的父亲是个商人，在家乡开一家杂货铺，他的家庭虽谈不少豪富，也算个殷实富足之家。少年时代，毕沙罗曾去巴黎读过几年书，那个繁华都市给他留下深刻的印象，尤其是巴黎艺术界活跃的空气，使他心驰神往。当画家是他的志愿，但生活却使他绕了一个大圈子，在巴黎完成学业后，他又回到家乡，在父亲的杂货铺里当店员。他的父母不允许他放弃工作致力于绘画，一心想让他子承父业，成为一个精明能干的杂货铺店主。这样，绘画就成了毕沙罗业余的"地下活动"，每逢他被派到港口去接收货物，他便随身带着速写本，在码头上，一边登记货物，一边画速写。他在日常的打杂工作和他的专业之间，在理想和现实之间苦苦斗争了五年，终于忍无可忍。一天，他在桌子上留下一张给父母的便条，和他在港口写生时结识的一个画家朋友一起离家出走，去了委内瑞拉的卡拉卡斯。毕沙罗的父母还是明事理的，他们明白，儿子的才能不属于这家小小的杂货铺，扼杀他的理想，会使他的生命枯萎。他们终于与儿子和解，同意了他的选择。但毕沙罗的父亲认为，如果真想要做一个艺术家，最好去法国，到一个名画家的画室去学习。这样，在二十五岁的时候，毕沙罗又到了巴黎。那是 1855 年，他正好赶上了那场盛大的世界博览会，看到了那次史无前例的大画展。面对着德拉克洛瓦、安格尔、库尔贝、柯罗和无数在当时享有盛名的画家的作品，他流连忘返。而更使毕沙罗着迷的，是当时巴黎极其活跃的艺术氛围，艺术家可以在那里大胆地想象和创造，展示自己的才华。就在和毕沙罗初涉巴黎画坛的同期，莫奈、雷诺阿、塞尚、西斯莱、德加等和他同样年轻的画家也在寻找着属于自己的艺术天地，他们将一起开创美术史上的一个新纪元。

我没有看过毕沙罗所有的作品，也不了解他绘画风格的变化过程。当时，在巴黎正进行着古典主义和浪漫主义的激烈论争，双方领衔的代表人物分别是安格尔和德拉克洛瓦。毕沙罗一定在两者之间徘徊游移过，然而毫无疑问，最后他倾向了德拉克洛瓦。1874 年 3 月 25 日，巴黎的一批年轻画家举行了一个自由组合的画展，这个日子，被很多人看作印象主义画派的创始日。在这个画展上，有毕沙罗的五幅风景画，也有莫奈、雷诺阿、德加、塞尚等人的作品，莫奈的《日出·印象》就出现在这个画展上。这个画展，在当时曾受到很多人

巴黎蒙马特尔大街
1897 年，布面油画
74cm×92.8cm
艾尔米塔什博物馆收藏

的嘲笑，"印象主义"也曾经是一个讽刺的名词，"印象主义"画派的名称也由此而来。然而随着时间的推移，他们的作品逐渐被人们接受，而且受到越来越多的人赞赏。真正的艺术，任何力量也无法扼杀它的生命力。而由艾尔米塔什博物馆收藏的毕沙罗的很多油画，都创作于这次画展之后，他的绘画风格在那个画展之后继续发展，形成了属于他自己的独特风格。他喜欢巴黎，喜欢这个接纳他并且让他飞向艺术天空的都市。也是作为一种回报，他不断地用自己的画笔描绘这座城市的四季风光，巴黎的建筑、街道、人群是他经常描绘的对象。

毕沙罗描绘巴黎的油画，喜欢用俯瞰的视角。楼房，街道，车马，人群，树木，在他的居高临下的注视之下一览无遗。譬如那幅《巴黎蒙马特尔大街》（又称为《法兰西剧院广场》），我们可以看到春日的阳光是怎样在树冠顶上闪动，可以看到站在马车上的乘客们的头顶。画面有些朦胧，使我产生的想象是，画家正坐在徐徐升空的热气球上，在摇晃的篮筐里俯瞰着逐渐远去的城市。

往事远去，逝去的时光不可能回还，还好艺术不会随岁月消逝。面对着毕沙罗留下的画，我们可以回到当年的巴黎，想象那批年轻的画家是如何面对着人们的嘲笑和讽刺，勇敢地，义无反顾地走出一条艺术创新之路。🌸

燃烧生命

1888 年，由于泰奥的帮助，凡高的 3 幅油画和数幅素描，才得以在独立沙龙展出。《伊登花园的记忆》创作于同一年。同年 12 月，凡高精神失常。

凡高是不会死的，他活在他的色彩中，活在他描绘的风景里。在凄惨的境遇中，他在画布上喷泻着火一般的色彩。这是一种奋不顾身的激情。面对画布，他的孤独和愁苦便烟消云散，沉浸于灿烂遐想时，他的灵魂自由自在、奔放不羁，世界上没有任何力量能阻挡他在艺术的原野里走自己的路。凡高像一支蜡烛，在黑暗中毫不吝惜地燃烧自己的生命，那一簇火光，永远地留在了世界的记忆中。

我读过《渴望生活》，凡·高的经历使我看到，一个与众不同的艺术家将会忍受怎样的孤独。生不逢时，活着苦苦追求，疯狂地为艺术奋斗，却始终遭受冷落，一生默默无闻。如果回到一百多年前，走进巴黎蒙马特尔大街上的那家小画店里，凡高的画被放在最不起眼的角落里，没有人对这些画感兴趣。你只要花一点点钱，便能买下他的全部作品。凡高大概做梦也不会想到，一百多年以后，他的每一幅画都价值连城。而在生前，他几乎没有通过自己的

绘画得到什么钱。这是一个近乎荒诞的故事。

艾尔米塔什收藏着凡高创作于他生命最后几年的作品。

《伊登花园的记忆》，有着梦幻的色彩，花园里有阳光小道，有烂漫的鲜花，然而花丛中的人物却面色灰暗，带着忧伤的表情。相信在画家的记忆中，关于这个花园的故事并不令人愉快，大自然的艳丽和人生的黯淡形成鲜明对照。

《矮丛林》，这并不是了不起的风景，在乡间，这样的景色实在很平常。但在画家的笔下，那片丛林色彩何等丰富，

伊登花园的记忆
1888 年，布面油画
72cm×92cm
艾尔米塔什博物馆收藏

阳光在枝叶间闪烁变幻。大自然的奇妙，在树的身上体现得很充分，不管是什么树，不管它们长在什么地方，生得什么模样，没有一棵树是丑的，哪怕它们七歪八斜，也能让你感到生命的多姿多彩。画中的景象，也许只是画家随意的选择，却也传达了自然的美和生命的蓬勃。矮丛林前面是一片湖波，那一抹深沉的蓝色把绿树和草地衬托得更为明亮。

《村舍》作于 1890 年，凡高就在这一年离开人世。画面似乎有点漫不经心。这幅作品其实还是可以细细品味的，绿色画面中那两个红色的屋顶，从茅屋的烟囱里飘向天空的那缕白色炊烟，在山坡背后浮动的白云，以及画面前方那片起伏的草地，都能让人感受到画家对自然和生命的留恋。

马赛港的入口 ▶ p142
1907 年，布面油彩
46cm×55cm
艾尔米塔什博物馆收藏

"点彩"和"米氏云山"

❀ 西涅克是新印象主义的倡导者和组织者，他的画富于
    炽烈的情感，他常以红色作为基调，采用各种协调的、
    镶嵌画似的点描法绘制。

　　和传统的古典油画相比，保罗·西涅克的《马赛港的入口》仿佛是另外一个画种。这是很典型的"点彩"画法，画家用一点一点不同的色块，描绘出海湾的波澜、港口的帆船、工厂的烟囱、码头的建筑。如果看局部，只见斑斓一片，看不出画的是什么名堂，但整体一看，则一目了然。对比18、19世纪很多法国画家描绘海港和船舶的油画，两者风格有了天壤之别。到了20世纪，油画由于革命，面孔变得越来越新鲜。保尔·西涅克是新印象画派的代表，他的风景画多用细小清晰的笔触绘制而成，有很强的装饰效果，仿佛是用彩色"马赛克"拼组而成。看他的画，使我感慨艺术家的想象力和创造力，对大自然的描绘，方式是千姿百态的。20世纪80年代在上海外滩汇丰银行大厅的穹顶四周，发现了20世纪初由西方画家绘制的几组大型壁画，用的材料便是彩色"马赛克"，效果和西涅克的油画颇为相似。其实，在西涅克用点彩法作画时，欧洲的宫廷里已经有了用"马赛克"拼绘的彩图。西涅克的油画，会不会从中受到启发？我以为不是没有可能。

和西涅克同时代的法国画家路易·瓦尔托也曾用相似的手法作画，艾尔米塔什藏有他的油画《在船边》，画的是海滩上的人物和船，还有海滩边红花烂漫的山坡，山林中的房屋。这幅画阳光强烈，色彩浓艳，粗看轮廓不清晰，只见一片斑斓的色点，但仔细观赏，便能看到明艳的人、物和他们在阳光下的影子。和西涅克的画相比，瓦尔托作品中的"马赛克"显得略大一些，也更粗犷一些。但作品的效果是一样的。

西涅克和瓦尔托的画，使我想起中国宋代的"米氏云山"。这是宋代书画家米芾和米友仁父子两人创立的一个画派，在他们之前，中国山水画多以线条为主，米家父子则以卧笔横点成块面，自称"落茄法"，打破了中国水墨画的老规矩。他们的画能表现朦胧迷茫的烟雨云雾，能画出梦幻般的境界，世称"米氏云山"。米家父子的"落茄法"，对后世的中国画家影响极大，直到现在，还有人在用他们创造的方式作画。他们的画法，和法国新印象主义中的"点彩"也很相似。米家父子在世的时代要比两位法国画家早得多，他们之间是否有联系，那就难以考证了。🌀

巴黎的忧郁

波纳尔是纳比画派的创始人，而他创办纳比画派，源于一次对于高更的拜访。在波纳尔的创作生涯中，高更与日本版画对他的影响也最为深远。

皮尔·波纳尔用他那枝略显粗犷的笔涂抹着巴黎的风景，画布上似乎看不到精雕细凿的笔触，但我却觉得他的画很耐看。物体在他的笔下纷纷变形，然而绝不会扭曲到面目全非，让人无法辨认他所描绘的对象。在那些朦胧斑驳的画面中，像放电影一样展示出昔日巴黎的市井生活。在他的画中，可以看到阴云笼罩下的楼房，人群熙攘的街道，在晨光中活动的巴黎人，行走的马车，闲荡的狗，流浪的孩子，步履匆匆的男人和女人。他关注的对象不是宫廷里的达官贵人，也不是闺房中的小姐淑女，而是在巴黎街头抬头就可以看见的普通人。

《巴黎的傍晚》可以看作波纳尔的代表作。作品描绘的是巴黎暮色，在热闹的街头随意撷取的景象。夕照中的街道上闪动着温暖的光芒，远处街边的咖啡店里的顾客隐约可见。人行道上走着各色各样的人，有独自赶路的，有站在路边说话的，两位妇人形体夸张，她们在路边张望，似乎有所期待。这使我想起波德莱尔的散文诗《巴黎的忧郁》

中描绘的景象，也可以联想到巴尔扎克小说中的人物，幽暗的街巷中，形迹可疑的女子将她们浓涂艳抹的脸蛋隐藏在宽大的风衣中，既想招摇过市，又企图遮人耳目。而画面上最主要的几个人物，给人的感觉是压抑。左侧是一位沿街摆摊的老妇，她的目光昏暗，动作迟缓，面对着那一大堆水果，正在为如何售出它们而犯愁。画面右侧是两个女性像是一对母女。她们穿越马路走过来，母亲的目光茫然，脸上表情和身体的姿态呈现出一种疲惫，而她身后的女孩则仰起脸在追赶母亲，脸上的表情更为迷惘，看不清目光中蕴涵的内容。画面的中间，是一个正在穿过马路的

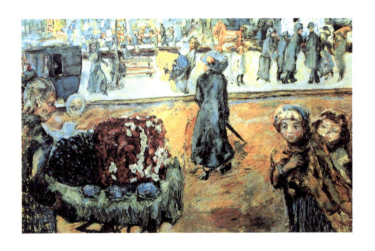

巴黎之夜
1911 年，布面油彩
121cm×76cm
艾尔米塔什博物馆收藏

妇人的背影，她步履急促，手中还提着一把收拢的雨伞。这位过马路的妇人很可玩味，她穿的是一件蓝灰色的雨衣，从背影看，身材窈窕，脚步轻盈，雨衣的下摆下面，露出色彩鲜亮的裙边。她的帽子上插着一朵鲜花，画家将这朵鲜花处理成画面中最鲜艳耀眼的一笔。这是一个可以让人产生丰富联想的形象，帽子上那朵鲜花使人感觉到一种象征，她和自己身后那几个沉重压抑的形象形成一种对照。

　　我无法猜度画家作画时的心理状态，只能根据自己的经验和感觉作一点猜想。这样的猜想是否符合画家的本意，那只有天知道了。波纳尔的名字，一般中国人都不会知道，但他的画，能引起现代人的共鸣。如果你到过巴黎，到过法国，见到这些画，也许还是能从中想象画家当年创作时的情景。他坐在巴黎街头，观察着路上的行人，观察着所有静止和活动的景物。在他的速写本上，捕捉到了各色各样的人物和表情，回到画室，他再有选择地用彩笔将他们一一请上画布。看来这位画家关注更多的还是巴黎的普通市民，巴黎的贫困者。他对他们有一种深切的同情。这样的情景，已经过去了将近一百年，时过境迁，物是人非，当年的街道和楼房还在，而活动在其中的人物却已经完全不同。看波纳尔的这些油画，能使人走进历史，走进19世纪的巴黎。对画家来说，这一定是真实的。

　　波纳尔是法国画家，他绘画的旺盛期是在20世纪初。他的作品中那些变形的人物和梦幻般的色彩，显然是受到当时印象派画家们的影响。他似乎不敢走得更远，但就是这样犹豫地走着时，形成了自己独特的风格。

飞舞的马蒂斯

🎴 马蒂斯早期油画富有装饰性，1910 年前后，他又在装饰
性的壁画领域进行探索。《舞蹈》则是建筑装饰壁画，以
大块的平面色彩和单纯的画面为特点，有很强的表现力。

马蒂斯的创作在世界美术史上留下了浓重的一笔。他的生机勃勃，他的大胆浪漫，他的新奇怪诞的想象力，可以说前无古人。我常常在他的画中发现火一般炽热的激情，还有那种无法用语言转述的憧憬和向往。如果艺术家的心灵是一个花盆，在马蒂斯的花盆中，长出来的是让人赏心悦目的奇花异草。

在艾尔米塔什博物馆，有不少马蒂斯的作品。给我印象最深刻的一幅，是他的《舞蹈》。五个裸体的男女，黄棕色的躯体，在蓝色和绿色的背景中自由烂漫地舒展、舞蹈、飞翔。看不清舞者的脸，看不见他们表情，只有健康的肢体，在天地间飘扬。他们如同在天空中飞翔的鸟，携手而舞，又如在清流中游动的鱼，无所依靠，却优哉游哉。

有这样跳舞的吗？也许有人会问。这样的裸体，这样不着天地的飘游，这不是人间的舞蹈，而是缥缈的梦游。说的对，这正是梦游，是艺术家自由不羁的想象。也许是无数次观舞的印象，在他的记忆中沉积发酵，无数个舞者

舞蹈
1909—1910 年，布面油画
260cm×391cm
艾尔米塔什博物馆收藏

的形态，在他的脑海中重叠交织，于是才有了这样的梦游，有了这样异想天开的舞蹈场面。正因为这场面如此独特，它才会在观者的心里留下深刻的印象。马蒂斯以艺术为主题，创作了风格相似的一组画，其中的《音乐》也在艾尔米塔什，《音乐》和《舞蹈》同样的色调，画面也有点类似，五个裸体人物，两个人在吹奏乐器，另外三个人坐着唱歌。这是一个沉静的画面，人物似乎都静止不动，但画中的音乐是需要你去想象的，画家心中的音符就在静止的画面中飘旋。两幅画相比较，我更喜欢《舞蹈》，喜欢那种自由飞翔的气息，没有几个画家能用画笔描绘出这样的气息来，而马蒂斯是其中出类拔萃的一位。

艾尔米塔什收藏的马蒂斯作品中，还有几幅油画也值得一提，如《红的和谐》和《凉台上的夫人》，这两幅画，和传统的油画也大不一样，线条在他的画中成为主角，人和物体的轮廓大多用浓重的黑色线条勾画，而《凉台上的夫人》中用鲜亮的红色线条勾勒出山的轮廓，更是匪夷所

凉台上的夫人
1906 年，布面油画
65cm×80.5cm
艾尔米塔什博物馆收藏

思。现在看来，这样的画一点不奇怪，但在当时，它们的
出现时曾引起一片惊骇的议论。新奇和怪诞，会引人注目，
然而只有蕴涵着真正艺术内涵的新奇怪诞，才会有恒久的
生命力。马蒂斯用他的创作为世界作了有力的演示。

　　马蒂斯说，他想用他的艺术给人们快乐，让活得惨淡
凄凉的人们能在他的画中看到世界的亮色。我想他是做到
了，他的画，使人们看到了在心灵深处，还有一个可以纵
情翔舞的自由天地。

春色透明

德尼在自己的日记中，把这幅画称为"森林中的春天"，画中的所有元素都与春天、爱情和未来的主题有关。

　　法国画家莫里斯·德尼的《春景中的人物》。

　　在古典油画中，少见这样淡色调的画面。阳光从高大的林木间射进来，照亮了森林中一片开满鲜花的草地，晨雾仍在林中飘荡，远处的树木显得蒙眬不清，在明媚的光线中，层层叠叠的树影呈现出金黄的色泽，使人想起中国的古诗："柳色黄金嫩"。只有近处那棵大树上，我们能看到翠绿的嫩叶缀满了树枝。这树枝有点像柳树，枝叶从天空垂挂下来，飘拂在空中，和树底下那一片开着小花的绿草遥相呼应。画中的人物，就在这一片透明的春光中。

　　三个美丽的少女，正在静静地享受春光。两个少女脱下了身上薄薄的白纱裙，让温暖的日光抚摸她们的身体。她们的裸体透明莹洁，温润如玉，仿佛随时会融化在漾动的日光和雾气之中。而画面最靠前的那位少女，还没有来得及脱下身上的纱裙，她的姿态有点奇怪，扶着那棵绿枝飘扬的大树，似在倾听，似在沉思，也像在和大树低声交谈。这样的景象，使我产生的联想，这些沐浴在春光中的

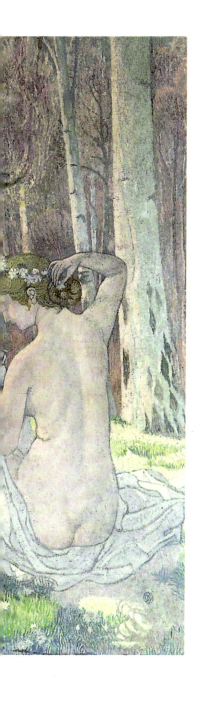

树木，和这三个少女一样，也陶醉在春色里，它们是有感觉有感情的。它们默默地注视着这三位被春色迷醉的少女，它们的表情，是欣赏，是感动，还是喜笑欢颜，抑或是因为无法用人类的方式表达想法而无可奈何？这样的联想，也许荒唐，但很有趣。树木们此时的感想如何，其实并不重要，重要的是它们作为天地间生命的一部分，和人类一样感觉到了美好春天的来临。

这样的画，使人憧憬美好，对生活和自然生出很多充满诗意的向往。

因为 19 世纪法国的大画家太多，莫里斯·德尼在很多同时代的画册中榜上无名，这并不妨碍他作为一个优秀的大画家名存史册。在欣赏《春景中的人物》这样的美妙作品时，我对德尼心存感激。🏵️

春景中的人物
1897 年，布面油画
157cm×179cm
艾尔米塔什博物馆收藏

当我看着你时

毕加索的创作在一生中都处于不断变化中，他的极端变形和夸张的艺术语言，被人们称作"破坏的形式"。

毕加索是在世界美术史上创造了很多奇迹的人。他留在世界上的作品成千上万，很少有画家能与之相比。他一生都在创造新的画风，如此大胆探索，求新求变，可谓前无古人，后乏来者。毕加索是世界上第一个生前就有作品被卢浮宫收藏的画家。

在艾尔米塔什，毕加索的画也有数十幅之多。如果看了中世纪以来的欧洲油画，再看毕加索的作品，确实会感到这些画是来自两个完全不同的世界，出自两个完全不同的时代。古老的写实传统，在毕加索的油画中碎裂了、颠覆了，荒唐怪诞的形象和画面折射出画家心里的奇思幻想和动荡不安。毕加索的作品常常使人惊愕，使人不知所措。

坐在沙发上的奥尔加　▶ p155
1917 年
艾尔米塔什博物馆收藏

喜欢毕加索的画，曾经是一种时髦。面对他的画，尽管很多人为之困惑，但谁愿意做《皇帝的新衣》那个说"什么也没穿"的孩子呢？

谁也不会否认毕加索的伟大，不会否认他的生机勃勃的创造能力。但我相信不会所有的人都喜欢他的画。毕加索那些变形的人像，把美女画得面目狰狞、五官不齐，画成非人非鬼的怪物，这当然是画家惊世骇俗的创新，但要说这样的创新令人赏心悦目，那就是假话了。我看过毕加索为自己的第一任妻子画的一幅画，那是俄罗斯芭蕾舞演员奥尔加，她身着一袭黑色长裙，拿着一把扇子坐在沙发上，眼神中含情脉脉，是一个绝色美女。画的名字是《坐在沙发上的奥尔加》。那时，毕加索早已开始他的创新，但他画的奥尔加完全是自然主义的写实。画布上的奥尔加和生活中的本人一样美貌动人。我想，如果把奥尔加画成面目狰狞的怪物，那位美丽的俄罗斯女人一定不会高兴。在艾尔米塔什收藏的毕加索作品中，也有几幅用传统手法创作的，譬如画于1902年的《索列尔像》和《幽会》，也是很写实的风格，表现了高超的写实能力和传统绘画的扎实基础。创作这两幅画时，毕加索才二十一岁，还没有成大名，也没有形成自己独特的画风。画中的索列尔先生不知何许人，从他的眼睛中流露出的忧郁和期待，使观者面对着他陷入沉思，而画面上那近乎黑色的背景，营造出深邃神秘的气氛。索列尔先生面前的桌子上放着两只杯子，一只咖啡杯，一只玻璃茶杯，这两只杯子值得注意，它们的描绘方式和传统的绘画不同，寥寥数笔，也不注重形体的精确，却画得很生动。这和整幅画似乎不协调，但此画却因此而显得特别。再看《幽会》，也是很传统的笔触。两个身披长袍的女人，在一个幽暗的场所相会，两人触额相依，似在低声倾诉别情。有人称这幅画为《两姐妹》，大概是为了避免引起歧义，免得让人联想起同性恋。画中的两个女人身体的比例很准确，没有什么变形和夸张，但有一个细节引起我的注意：画面右侧的那个人物，放在胸前的右手出奇得小，小得不成比例。这非常奇怪，一幅写实的画，出现这样的比例失准，似乎不合常理，以毕加索的写实功夫，不应该出这样的差错。这难道是他的故意所为？如果是米开朗基罗和达·芬奇的画中出现这样的比例失调，那必定会被认为是败笔，而在毕加索笔下，这却是正常的。因为，和他后来的变形相比，这只小手实在算不了什么。也许没有人考证过毕加索为什么把这只手画得如此之小，而且永远也无法考证。但他作品中的人物日趋变形，却能看见每一个人物。在艾尔米塔什所藏的毕加索作品中，有一幅题为《友谊》的画，画面是两个依偎在一起的女人，那是变了形的人体，但还能分辨出人的脸，脸上也还有具体的表情。这表情，使我联想起《两姐妹》。我觉得这是两幅内容和意境相近的画，但《友谊》和《两姐妹》在风格上已经大相径庭。再看他中年以后的画，譬如著名的《哭泣的女人》《斜倚的女人在阅读》《茶女》等，人物的五官已经在脸盘内外随意跳跃，身体的器官则自由不羁地在画面上到处飞舞，被肢解的人和鬼魅、怪物之间没有了界限。画家如此表现女性，实在有点残酷。这些躁动不安的画，

和沉静的《两姐妹》相比较，真有天壤之别。在画家来说，这是变革，是超越，是对艺术奥秘的探索，对观者来说，则是窥见了一个幻想者荒诞不经的梦境。有这样一个故事：在意大利，毕加索曾为俄罗斯作曲家斯特拉文斯基画过一幅肖像，作曲家离开意大利时，边防军人查他的行李，扣下了毕加索的画，因为他们认为这不是肖像，而是一幅地图。斯特拉文斯基百般解说也没有用，最后只得将画送回罗马，后来通过外交官的外交信袋将画带给了他。军人把毕加索的肖像画看成地图，当然是一个笑话，但由此可见这样的画和传统的肖像有多大的差别。

在艾尔米塔什，有一幅毕加索的画题为《持扇的女人》，画于1905年，画面上一个半裸的女人，手持一把折扇，坐在沙发上低头沉思。此画的风格已不是传统的写实，人体虽没有大变形，但笔触和古典的油画完全不一样了，女人的身躯和脸部表情都被抽象成几何形体，色彩浓烈，引人注目，这也属于毕加索的立体主义的实践。当时，已经有人称毕加索为"疯子"，但有意思的是，那些把毕加索称为"疯子"的人，却愿意出巨款收购他的画。看《持扇的女人》时，我很自然地想起了毕加索为奥尔加画的肖像《坐在沙发上的奥尔加》作于1917年，比《持扇的女人》晚了十年。以我所见，为奥尔加所创作的几幅画，是毕加索留存世间的最为写实的一批画。而奥尔加坐到他的画室里时，他的立体主义正向着巅峰发展，作品中已很少出现传统的写实笔墨。但他却为奥尔加的肖像选择了一种古典的风格，这件事情很值得玩味。奥尔加是毕加索的妻子，他曾经为她画过很多肖像，没有一幅是用立体主义的手法完成的。我读过毕加索的传记，传记中说奥尔加不懂艺术，一定要毕加索用古典的绘画方式为她画像，而毕加索则对她言听计从。毕加索是一个固执孤傲的人，不会轻易就范于别人的指点，即便是沉溺在恋爱中时，他也不会放弃对艺术的执着追求。他的一生，是不断恋爱的一生，谁也无法统计曾有多少女人进入他的情感生活和性生活。而与此同时，他也在不断地更新自己的绘画面貌。如此耐心地用自然主义的手法画肖像，在毕加索实在是难得。其实，不仅是奥尔加，毕加索在画他所爱恋或敬重的人时，总是避开了立体主义，停止了他创新求异的步履。譬如他的母亲，他的几个好友，在他的笔下都是自然的形态。那么，在毕加索的心里，到底什么是真正的美，这也许是一个秘密。但很显然，在创作手段上求新求异的结果，未必是艺术家理想的美妙境地。我相信，那些面目狰狞、肢体错乱的绘画，很可能是激情和仇恨交织的产物，而柔情和浪漫的结合，应该产生令人身心愉悦的效果。

"当我看着你时，已经再也看不到你。"当年，毕加索谈他的肖像画时曾经这样说过。这是一句充满玄机、似是而非的话。我想，这句话中，第一个"你"，是画中人，而第二个"你"，应该是被描绘的对象。如果是这样，那很符合欣赏毕加索作品的逻辑。

1911年，美术评论家米多顿·墨利写了一篇关于毕加索的文章，发表在伦敦《新时代》杂志上，文中有这样的评论："我极为坦率地表示绝不假装理解或是赏识毕加索。

我对他敬畏有加……我站立一旁，深感懂得太多而不敢妄加责难；同时又感到懂得太少而不敢随意赞美。因为假如不是说空话，赞美是需要理解的。"墨利的这段话，大半个世纪以来一直得到很多人的共鸣，因为不是所有人都是无原则地追求时髦，盲目地追新求异，不是所有人都会去赞美自己并不理解的东西。记得在八十年代中期，曾经有一个颇具规模的毕加索画展在上海展出，面对着毕加索那些立体主义的油画，人们的目光中有惊叹，也有困惑。而我，脑子里回旋着墨利的那段评论，我觉得他说出了我的感受。

有人说，毕加索是命中注定要成功的画家，不管他怎样玩花样，伴随着他的总是荣誉和成功。我很自然地想起了凡·高。凡·高和毕加索一样勤奋，一生都在创造，在探索，但他活着的时候却和成功没有一点缘分，和他做伴的只有孤寂、落寞和失败。命运对于不同的艺术家，竟会是如此不公平。🌸

沙滩上的生命之光

1915 年，毕加索开始对安格尔精确而细致的素描感兴趣，画风也由立体主义转向新古典主义，在严谨的造型中，用夸张的手法表现宏伟磅礴的气势。《洗澡者》就创作于此段时期。

　　在这个世界上，最鲜艳最生动的是什么？

　　是生命，是洋溢着青春朝气的年轻生命！

　　生命孕育于海洋，诞生于海洋。生命从海洋起步，登上陆地，攀上山峰，飞上天空……

　　海洋是生命的摇篮。海洋里蕴涵着一切生命的元素。尽管狂暴中的海洋能摧毁一切，吞噬一切，但人们依恋海洋。有什么地方能比宁静的海滩更迷人呢？且看三位少女占有的这一片海滩。

　　海面像一块无边无际的深蓝色玻璃，从沙滩一直延伸到遥远的天边。雪白的三角帆犹如停栖在水面的海鸥，无声地缓缓滑向远方。远方有峻峭的岩岛，高耸的灯塔似一柄白色的巨剑插入空中。天空和海洋一样蓝，一样平静，天上没有白帆，却有白云款款飘动。沙滩是白色的，柔软的细沙晶莹如雪，海水每天抚摸它们，冲刷它们，污浊不属于这片沙滩。你瞧那些躺在沙粒中的石头，圆滑而莹洁，像印象派的雕塑，也像有灵性的奇异的生命。

因此，她们才来了！

什么是热情的青春？什么是蓬勃的生命？什么是生命优美的节奏和迷人的色彩？什么是生命的渴望？

海滩上的这三位少女能回答你。她们曾像三条童话里的美人鱼，在清凉而澄澈的海水中追逐嬉戏，小小的一方海面因她们而激动不已。此刻，她们刚刚离开海水，她们美妙的躯体在运动后安静下来，沙滩为她们敞开了雪白的怀抱。在白色的映衬下，她们的形体、她们的肤色、她们的神态，无不闪射出生命的光彩，洋溢出青春的气息。那些在鲜艳的泳装下起伏蠕动的浑圆的躯体，那些柔美舒展，蜿蜒无定的曲线，那些透明得能看见热血流动的肌肤，都是生命最奇妙最美好的语言，抽象的文字永远也无法描绘她们，这些语言无声地向人们叙说着生命的健康、年轻和美丽，也叙说着爱情。

你看见那位站立着仰头甩动秀发的少女么？你看那一头迎风飘扬的黑色的长发，这是青春，是力，是生命的旋风。你看她那高举起的双臂，仿佛要拥抱天空和海洋，拥

洗澡者 ▸ p165
1918 年，布面油彩
26.3cm×21.7cm
艾尔米塔什博物馆收藏

抱整个大自然，拥抱她所向往的一切……

你看见那位坐着面向大海的少女么？她正默默地用手绞弄着湿漉漉的长发，陷在沉思之中。虽然只能看见她的背影，但我们能想象出那一双凝神远望的眼睛。她在凝望海，凝望神秘的远方，凝望她心向神往的目标，这目标在画面里找不到，但她却能看见。面对这片曾抚摸过她、给她过欢乐、使她清醒也使她沉醉的蓝色海洋，她似乎已挣脱忧伤和烦恼的纠缠，心中宁静如洗，只有美好的愿望像种子悄悄地萌动、发芽……

你当然也看见了中间那位阖眼微睡的红衣少女。她像一尊奇妙的雕塑，凝聚了画面中所有安详、恬静、平和、优雅和美的因素。然而她毕竟不是雕塑，她是活的，在那红色泳衣包裹着的丰满的胸脯下，有一颗年轻而纯净的心正在跳动。她的梦境你是无法想象的，这是缤纷莫测的少女之梦，是蓝色的爱情之梦，你看她那双柔弱而优美的手臂，正自然地做拥抱状。她想拥抱什么？不妨请你自己想象。

少女、沙滩、海，在宁静中融化为一体。是生命融化了自然，是自然融化了生命。

德朗的树

德朗是野兽派的先驱者，他首先发现黑人艺术。他的
画面色彩都近于平涂，但明亮单纯。

　　德朗画的树和别人不一样。他的树是大地的一部分，
树干如同钟乳石从岩石中伸出来，两者是一个不可分割的
整体，树干颜色也和大地一样。如果大地是一个人的躯体，
那些粗壮的树干就像是结实有力的手臂伸展出来，像是在
呼唤着什么，又像是要拥抱什么。他不喜欢仔细描绘树叶，
而是把它们画成一团团一簇簇，像一缕缕烟，一片片浓重
的云，缠绕在树干上。大自然中的树肯定不会是这样的，
但看德朗画的树，却不会觉得它们不真实。德朗描绘它们
时，也许删除了很多繁枝冗节，也剔去了那些残枝败叶，
只留下树的最健美的部分，于是他的树都显得硕壮健美，
非同寻常。

　　从这些树中，可以窥见画家的思想。这是一个冷静地
面对世界的艺术家，简略而不喜繁复。他的画，色调大多
冷峻，画面也多趋向于沉静。如果画人，画中人物的表情
绝不会夸张，也是一种沉静思索的神情。艾尔米塔什博物
馆中有他的《穿黑衣的年轻女子肖像》，画中女子文雅清

p168　通往冈道尔夫堡之路
　　　约1921年，布面油画
　　　62.5cm×50.8cm
　　　艾尔米塔什博物馆收藏

p171　一个年轻的黑人女孩的肖像
　　　1914年，布面油彩
　　　艾尔米塔什博物馆收藏

秀，轮廓简洁，色调以黑白为主，人物的背景只是一片单纯的天青色，像天空，也像湖水。在西方的油画人像中，这样的肖像画也显得很独特，有点像传统的中国画。中国的传统出现在西方的艺术中，就可能是一种全新的创造。如果把画中的女子比作一棵树，这是一棵枝头结着蓓蕾却没有绿叶的梅花树，耐人寻味。当然，也可以联想清荷出水，秀竹临风。

德朗画这些画时，世界已经进入 20 世纪。画家们不再满足于传统的写实，他们总是力图用色彩表达内心的情感，表达对世界的思考。即便是在画树和静物时，我们也能体会到他们的这种努力。不过，和毕加索他们相比，德朗还是表现出对传统的依恋。他在探索的路上前行，却没有走得更远。其实，走一步和走几十步，很难说谁走得更成功。毕加索这样永远不安分，永远在创新的艺术天才，毕竟是凤毛麟角。而且，毕加索的有些异想天开的变形的画，实在有悖于常人的审美习惯，并不是人人都能接受的。走得太远，最终迷失了自己，还不如坚守在自己熟悉的土地上，只要根扎得深，树苗总能长成大树。

少女与骷髅的对话

❀ 一个裸体的少女和一具狰狞的骷髅相对而立。

一个少女面对着一具骷髅。

少女如中秋的满月，皎洁的光芒中流动着生命的音乐。她身上的线条是大自然中最优美的线条，起伏似雨后山峦，曲折如清溪蜿蜒……她身上的色彩是人世间最纯洁的色彩，透明的肌肤里蕴藏着恬静的热情和美丽的渴望……在她的光彩中，插在金发中的那簇鲜花相形失色了。

骷髅是黑夜的阴影，世界上的一切狰狞和绝望，都浓缩在它的森森白骨之中。那深陷的眼窝里，潜伏无穷无尽的黑暗，不会有生命在这黑暗中出现，连蝙蝠和猫头鹰也不会有，连苔藓和枯草也不会有。只有虚无和荒芜在黑暗中阴惨惨地蔓延……少女默默凝视着骷髅。骷髅也默默凝视着少女。少女微笑，微笑中流露出骄傲和惊奇。骷髅也微笑，微笑得神秘而又得意。在无声的对峙中，我听见了少女和骷髅的对话。

少女：喂，你怎么也会笑？

骷髅：是的。当血肉化成泥土尘埃之后，笑，就是我唯一的表情。

少女：你笑什么？

骷髅：笑你。

少女：你有资格笑我？你笑我什么？

骷髅：我当然可以笑你！笑你如此天真，如此骄傲，笑你竟不认得我！

少女：你是谁？

骷髅：我就是你。

少女：谁会信你的话。除非眼睛瞎了，才会看不清我们的区别。人人都夸我美丽，有人夸你吗？你太可怕了！

骷髅：你迟早有一天会像我一样的。不管你是达官贵人还是布衣百姓，不管你是美还是丑，到头来都得和我一样。从前，我曾经像你一样丰满，像你一样妩媚，像你一样娇嫩欲滴。当男人们向我投来倾慕的目光时，我也自以为是举世无双的美人。可我无法躲开死神。坟墓终于向我展开了黑暗阴湿的怀抱。我在坟墓里失去了我为之骄傲的一切——我的金发、我的明眸、我的红唇、我的玉雕般的肉体、我的美妙的曲线……只剩下这副骨架。在你如花似玉的外表下，也有一副和我一般无二的骨架。你的如花似玉终有一天会烟消云散，你也会在坟墓中得到我现在的尊容。我没有说错，我就是你，你就是我。

少女：……（她的惊愕如同闪电。她的微笑却并未消失。）

骷髅：哈哈，你相信我的话了吧！（它得意得晃荡起来，白骨和白骨相互碰撞着，发出格格的响声。）

少女：不。你不是我，我也不是你。你只是没有生命的躯壳，这躯壳和一堆石头或者几根木柴没有什么两样。当血肉离你而去，你就永远地死了。现在的你绝不是曾经活着的你！

骷髅：……（它语塞了。假如表情能有一些变化的话，那龇牙咧嘴的笑也许会从它脸上暂时消失。）

少女：不要再望着我怀旧了。我是我，你是你。我的欢乐和痛苦都不属于你。

骷髅：请记住，我是真实的，你是虚幻的！你的生命只不过是过眼烟云，就像你头上的那束花，用不了多久便会枯萎。

少女：不，你是真实的，我也是真实的。你的真实属于死寂的坟墓，我的真实属于有声有色有情的生活。我会爱，你不会；我会恨，你不会；我会用眼睛寻找草地里沾露的野花，会用手摘下它们戴在自己头上……这些，你都不会。

骷髅：但是你也躲不开死神，你也要走进坟墓！

少女：是的。我知道我的生命并不永恒，所以我珍惜。见到你，我将更加珍惜我的时光。谢谢你提醒了我。谢谢你。

骷髅：？见鬼！

少女：好了，恢复你的平静吧。只有你的平静是令人羡慕的。

骷髅：……

少女：……

一个微笑的少女面对一具微笑的骷髅。

如果你用心谛听的话，你会听到他们的对话还在继续。也许每个人听到的都不一样。

对比

两个人身兽尾的怪物，驮着一位美丽的少女游动在海上。海面波涛起伏，空中乌云翻滚……

　　面对贾戈麦谛精心创造的美妙形象，画面所叙述的神话故事似乎不太重要了，色彩中透露的信息和哲理已足以使人深思。

　　我在这里看到的是强烈的对比。

　　这是光明和阴暗的对比。

　　被劫夺的艾米莫娜如同从海上升起的一轮太阳，她的光芒并不耀眼，那柔和的亮色已使画面中的世界充满了奇妙的辉煌。而那两个劫夺者，则像是两片乌云，乌云尽管浓重，尽管死死缠绕着太阳，却无法淹没太阳，无法遮盖太阳圣洁而又柔和的光芒。与其说是太阳被乌云托举着，不如说是乌云追随着太阳。

　　这是美和丑的对比。这种强烈的对比无须语言说明。艾米莫娜是美的化身，她的白玉一般透明莹洁的肌肤，她的高贵优雅、凛然不可侵犯的姿态，她的飘扬在风中的金发，她的表情和她的躯体中散发出的一切，都是美的宣言。而两个劫夺者只能使人产生丑恶的联想。这是两个半人半兽的怪物，他们的上半身似人，而从水面上分明又甩出了一截黑黝黝的兽尾。也许他们曾得意地狂笑过，曾以为他们是不可战胜的，是法术和力量的代表，他们曾用一块巨毯裹着娇小的艾米莫娜，狂笑着在波涛汹涌的海面飞奔，他们并不把这位握在他们掌心之中的姑娘放在眼里。当海风掀开了裹在艾米莫娜身上的巨毯，艾米莫娜光彩照人的躯体裸露在他们面前时，他们惊愕，惊愕之后便开始自惭形秽，再不敢用阴暗放肆的目光注视艾米莫娜——在圣洁无瑕的美面前，他们羞愧地垂下了黑发披散的脑袋……

这也是善和恶的对比。艾米莫娜是弱小的被劫夺者，她的所有色彩和线条都蕴涵着善良、单纯、天真和温柔。面对两个穷凶极恶的劫夺者，她的表情中绝无惊恐，这宁静的表情折射出她心灵的透明和纯洁。劫夺者粗壮强悍，他们身上的每一块棕色的肌腱都蓄藏着凶暴和蛮横，而那条甩出水面的兽尾，更使人感觉到狰狞。他们不敢抬眼正视艾米莫娜，如果抬起头来，我们会看到两双凶残的眼睛。一白一黑，一善一恶，在对比中显得格外分明。

光明和阴暗，美和丑，善和恶，这是截然相反的对立面，其反差的强烈犹如冰雪之于炭火，犹如白日之于黑夜，犹如水晶之于墨石。双方反衬着，亮的更亮，暗的更暗，美的更美，丑的更丑，善的更善，恶的更恶。这便是对比产生的效果。

劫夺者要把艾米莫娜劫向何方？我们不得而知，画面上海水茫茫，世界看不到尽头。然而艾米莫娜似乎并不怎么为自己的命运担忧。她既不惊惶，也不悲伤，平静得仿

佛是在乘一艘小舢板作一次轻松的远航。她垂首侧目，居高临下俯视着两个粗壮的劫夺者，鄙视的眼神中竟露出了几分怜悯。两个劫夺者却局促不安起来，他们变得笨拙了，再也没有那种腾云驾雾的潇洒，一道水柱从口中喷出，也喷出了心中的惶乱。可怜的恶人！

我们不必为艾米莫娜担忧，我听见她正在轻轻地告诉人们：美，是劫夺不走的！🌀

◄ p178 ° 被劫夺的艾米莫娜
艾尔米塔什博物馆收藏